创意写作书系

开始写吧！

虚构文学创作

Now Write!

Fiction Writing Exercises from Today's Best Writers & Teachers

雪莉·艾利斯（Sherry Ellis）　编

刁克利　译注

中国人民大学出版社

·北京·

“创意写作书系”顾问委员会

译者序

作家是可以培养的

这是一套奇异的书。它教你成为作家。教你进行文学创作。

对于初学者，它教你如何起步，如何循序渐进，发现你的素材，改进你的写作技艺。

对于经验丰富的作家，它教你梳理你的思绪，完善你的技艺，保持长久的创作生命。

这是国内首次引进的关于美国创意写作的一套丛书，是关于文学创作的教科书和自学指导。首批选了四本，它们是：《成为作家》、《开始写吧！——虚构文学创作》和《开始写吧！——非虚构文学创作》，以及《小说写作教程：虚构文学速成全攻略》。这套书为我们提供了文学创作的全方位解决方案，包括成为作家的思想准备，以及不同文学种类的写作要素和方法训练。

四本书的作者都是美国作家，这些作家又都在大学里教授创意写作。这是他们的授课秘籍，是他们的经验总结。这是我们通常说的作家的创作秘密，难得与人分享的作家的“黑匣子”。

在翻阅这些书之前，你肯定有疑惑，会提出很多问题。比如，写作需要天才吗？作家是可以教出来的吗？文学创作需要什么天赋、才能和技艺？作家的“黑匣子”里到底隐藏着什么样的秘密？如果想自学写作，如何无师自通？如果有几个志同道合的人一起练习写作，如何相互促进？如果有一个作家班，该如何授课？

在阅读这套书的过程中，所有这些问题都会迎刃而解。

一

首先，书中经常出现的几个概念需要解释清楚。

英语中作家有两个含义：一个是创作的人，即在“写作”(write) 这个动词后面加一个后缀，变成做这个动作的人 (writer)，所以，作家就是愿意写作、能够写作、正在写作的人，与写作有关。在这几本书里，你会读到比如学生作家之类的词，即将来有可能成为作家、而现在的身份是在校学生的人。当然，也指任何从事写作的人，不管他的职业背景和身份是什么。换句话说，只要在写作，就可以被称为作家。所以，作家人人可为。另一个是我们熟悉的作家，是一种身份和职业，即主要靠写作为生的人，或是在写作上取得了成就、可以稳定地以写作为业的人。

创意写作的英文为 creative writing，就是我们通常所说的文学创作。目前，英美国家很多大学普遍开设这一学位项目。一般只招研究生，学制为 2～3 年，主要分为虚构与非虚构两种，也可以细分为诗歌、小说、散文、回忆录、剧本创作等具体方向。经过学习，毕业前提交一部独立创作的文学作品，根据学习方向，可以是一部小说，也可以是短篇小说集、一组诗歌、一部剧本、一组散文等，在作品前边阐述一下创作理念。经过答辩，可授予创意写作硕士学位 (MFA in Creative Writing)，MFA 的英文全称是 Master of Fine Arts，直译过来是美学硕士，即把创意写作归入大美学学科，和绘画之类的美术创作，与制陶、雕塑之类的工艺美术，以及电影导演、制作等同属一个学科门类。MFA 在美国属于创作终端学位，即等同于其他专业的博士学位。中国人民大学在 2006 年引进一位获得美国南加州大学英语创意写作学位的教师时，还专门进行过学位证书鉴定。

由于大学普遍开设有这种专门教授创意写作的学位，所以，美国当代作家几乎都获得了创意写作学位，从事文学创作属于科班出身。绝大多数知名作家也都在大学任教创意写作。这就形成了创作的传统和美国文学的特色。美国没有像我们国家的作家协会这样的专属于作家的机构，所以在大学任教成为绝大多数作家安身立命、专心写作的保障，同时也保障了文学传统的有序传承和创作质量的较高水准。这个学位近年来得到了迅猛发展，在校人数众多。2006 年笔者到亚特兰大参加一年一度的美国作家和文学创作项目年会时，与会人数是 4 900 人，其中作家 2 000 人，创意写作研究生 2 900 人。2007 年纽约年会的与会人数达到 7 000 人，绝大多数还是创意写作的研究生和他们的导师。近年这个学位的录取比例大约在 4%，是非常不容易申请的学位。申请者除了需递交和一般的学位申请相同的资料之外，还要递交自己的作品。

在英国和澳大利亚情况也基本相同。2009 年澳大利亚作家访问中国人民大学的时候，其中一位作家谈到，他所在的大学中有 20 名英语系的博士，其中 12 位通过创意写作获得博士学位。为了适应博士学位越来越多的实际形势，美国不少大学正在把这个学位提升为创意写作博士。

创意写作硕士研究生的学习方法主要是工作室（workshop）形式，这是一种注重实际应用的教学方法，即以导师组织学生创作和研讨自己写的作品为主。其教学内容主要围绕如何激发学生的创作热情，如何传授切实有用的创作经验，如何发展学生的创作个性而展开。教学目的是让学生创作出具有一定水准的文学作品。这套书中的《开始写吧！——虚构文学创作》和《开始写吧！——非虚构文学创作》就是当代最有秀的美国创意写作教师设计的写作练习，是他们的教案精选。

工作室不一定非要设在大学的课堂上。除了正规学制的学期教学，很多大学开设有各种形式的暑期作家工作室，有的社区还开设夜校工作室、周末工作室。授课方法是一样的，都是作家指导大家进行写作。通过学习和训练，学员把自己的经历变成可以分享的文学创作，写出自己的文学作品。所以，未能进入校园学习的人，只要热爱写作，也有机会参加各种创意写作工作室，以提高自己的写作能力。

举例来说，著名华裔作家汤亭亭开设了一个退伍老兵写作工作室，教退伍老兵写回忆录。她觉得这些老兵对战争比作家有更切实的体会，他们的写作更真实，更具说服力。还有一位美国退休的中学教师志愿到监狱里给犯人开设文学创作工作室，最后还结集出版了犯人写的作品。那些犯人承认，写作的经历让他们体会到了有生以来难得的身心宁静，对自己的过去进行深刻反思的过程，好像重新活过一遍。还有一个女孩，她与人面对面地交流时总是很害羞。但是，无论在朋友生日，还是大家聚会时，她总喜欢写一些诗歌，然后抄在卡片上，塞到她朋友的口袋里或门缝里。这样，写作为她赢得了很多朋友。有一位退休的瑞典裔美国教授，老伴去世后，她悲痛欲绝。她开始回忆跟随曾经在联合国粮食署任职的丈夫一起到过的地方，比如日内瓦、罗马等；以及两人又分别辗转到美国一所大学任教的经历。那些一起度过的重要时刻，那些点点滴滴的记忆和哀思，她都写成了短短长长的诗行。

每个人都有自己的写作故事。这也说明，回忆录和传记也不是只有成就卓著的人才可以写。每个人都可以把自己的回忆和一生的经历作为创作的素材。其实，大作家的作品万变不离其宗，都是各种传记和回忆录的变体。关键在于，学会使用这些素材进行文学创作，就像一个人要学会从自己的经历中汲取人生的经验和做人的道理是一样的。写作的独特性在于：你的经验和道理可以与人分享。

自20世纪30年代以来，美国文学在世界上的影响力迅速提升，原因有多方面。其中一个重要的、以往从未被提及的原因是：其创意写作教育的普及造就了大量的、潜在的作家。很多人都具备了文学写作的能力。所以，美国作家的特点是职业背景多样，大多数人都是在经过了现实生活的历练之后将自己的经历转变成了文学作品。

二

中国的创意写作亟待开展。国内已经有大学开始正式招收创意写作硕士，还有的大学成立了国际写作中心，将作家请进校园，登台授课。越来越多的人认识到文学教育的改革势在必行，专业作家制度的改革势在必行。

创意写作的开展提供了一个很重要的契机，即作家进驻校园，将自己的创作经验传授给年轻一代。这样他们既可以在体制内继续生存，解决后顾之忧，也有利于文学传统的有序传承。然而，现在国内的作家在文学道路上大多数是“自学成才”，对创意写作的学生如何授课？作家培养的理念如何深入人心？文学传统如何得到有序的传承？这些都可以从国外创意写作硕士项目的经验中获取有益的借鉴。

除了校园以外，还有人数更多的、爱好写作的人。从听童话传说开始，我们很多人就开始了自己的文学梦想。随着现实世界与文学世界的冲突日益凸显，很多人对文学失去了热情。为了表达对这个世界的体会和看法，很多人对文学依旧热情高涨。

这是一个想象力缺乏的时代。然而，最能带来惊喜的仍旧是与众不同的想象力创造的一篇文学作品、一部电影，或者对平常生活的不平常的创意。

这是一个文学似乎离现实生活渐行渐远的时代。同时，写作的人数比以往任何时候都多。很多人怀着梦想走入大学的课堂，更有难以计数的人活跃在网络上。

大多数人对文学创作感到困惑。因为他们认为作家必须具有天才，因为他们相信文学创作无从传授。

其实，我们每个人都有与生俱来的表达欲望。这就是写作的激情和动力。从这个意义上讲，每个人都是天生的作家。或者，每个人身上都有作家的潜质。

为什么只有少数人成为了作家，而我们大多数人只把这个梦想藏在心底，渐渐淡忘，以至于彻底遗忘了呢？除了生活本身的际遇，除了对自己的怀疑和对作家的神秘感，很大的原因可能是，我们在根本没有理解写作的本质之前就已经放弃了文学的梦想。我们根本不相信创作的才能可以学习而来。或者，一个更为实际的原因是，我们根本没有机会和途径学习文学创作的理念、方法与技巧。

我们依然相信文学创作需要天赋。但事实上，我们也一定知道，没有人能靠灵感或天赋写作一辈子。即使天才的作家，一旦真正的写作开始，鸿篇巨制的写作也会是一种工作和劳役。很多作家的创作生涯可以延续很多年。除了我们羡慕的天分之外，他们一定有保持文学热情的良方。

这种良方可以传授。写作的乐趣和意义也可以分享。

三

文学创作中，有哪些应该注意的要素？如何进行不同体裁写作方法和技巧的训练？如果想自学写作，如何无师自通？如果有几个志同道合的人一起练习写作，如何相互促进？如果有一个作家班，该如何授课？这就是《开始写吧！——虚构文学创作》和《开始写吧！——非虚构文学创作》的内容。

《开始写吧！——虚构文学创作》，即小说创作。全书按照虚构文学的要素共分为八个部分：开始动笔；视角；人物发展；对话；情节和节奏；场景与描述；技巧；修改。这八个部分按顺序排列，可以循序渐进，完善创作技艺。

《开始写吧！——非虚构文学创作》是关于非虚构文学，即散文、随笔、回忆录等体裁的写作。这种文体需要以事实为依据，内容分别是：开始动笔；非虚构文学中的真实；记忆与灵感；人物塑造；地点；声音、对话和声响；技巧；修改。

这两本书的作者都是近年来非常活跃的美国作家，他们都在大学里教授创意写作。书里收编了他们授课时使用的练习精选，都是行之有效、屡试不爽的写作秘籍，可以说是作家创作经验的结晶。

两本书的翻译过程兴奋而辛苦。兴奋是因为这是国内首次引进美国创意写作方面的书籍，值得推荐。辛苦则是翻译的必然。参与《开始写吧！——虚构文学创作》和《开始写吧！——非虚构文学创作》两本书翻译的译者，除我之外，还有杜俊红、陈小凡、焦娇、吴瑞丽四位。译文完成后，由我对照原文，逐字逐句进行校对修订。为了便于理解，书中以脚注形式对提到的作家、作品等作了注释。

希望本书能给读者带来创作灵感上的激发。

刁克利[*]
2010 年 9 月
于中国人民大学

① 刁克利，中国人民大学外国语学院、文学院博士生导师，英语系教授、系主任。

中文版序

还记得我孩提时代学习钢琴的经历。我的钢琴老师每周给我布置练习，要我锻炼手指，拓展我能弹奏的曲目。我重复那些练习，结果弹钢琴的水平取得了持续不断的进步。《开始写吧！——虚构文学创作》中的练习和那些钢琴练习异曲同工，都是旨在帮助那些崭露头角、风华正茂或者经验丰富的作家，拓展他们的写作领域，发掘他们语言表达的潜力。

我曾经跟随学习的虚构文学创作作家和老师包括 Jill McCorkle，Ron Carlson，Amy Bloom，Elizabeth McCracken，Margot Livesey 以及 Pan Houston，他们都把写作练习当作他们工作室教学的必要组成部分。在我参加过这些工作室之后，我一再使用这些练习，创作新的作品。事实上，我发现，可以用本书中的这些写作练习进行创作，将虚构的线索连结成一部完整的作品。例如，可以在不同的练习中使用同样的人物和地点，当它们联系在一起的时候，就能用来写出一个协调完整的故事甚至创作出一部长篇小说。

很多人问，写作是否能教，写作是否能学，或者作家是否必须具备与生俱来的天赋？我相信，答案是显而易见的。如果一个人具备一些基本的创作能力，愿意努力，那么，他们的写作能力就能得以培养和加强。正是带着如此的信念，我编写了这本《开始写吧！——虚构文学创作》。风华正茂的作家必须运用他们的想象力，锤炼写作艺术，将修改的技艺付诸实践。我希望，中国的读者们也能够从这本书中得到乐趣和收获。

雪莉·艾利斯
2010 年 9 月

编者的话

我在八年前决定写一本小说的时候，根本不懂得虚构文学创作的方法和技巧。既没有经济来源和时间攻读创意写作硕士（MFA）学位，之前也没有上过任何写作课程，于是我决定参加社区组织的一个培训项目。接着我又找了两位单独授课的私人写作教师。为了拓宽视野，我参加了在美国各地举办的一些小型工作室以及暑期写作项目小组。那些教过我的老师们给我布置了一些写作练习，帮我提高写作技巧，把故事写好。他们经常和我说，他们自己都会用这些练习来提高自己写故事和小说的技巧。我太喜欢这些练习了！

受到我学习虚构作品写作技巧的经验启发，同时我自己也得益于这些练习，我把这86位小说家和短篇小说作家的个人写作练习收集起来，进行了整理。这些练习真是一个写作技巧的宝藏，它们能够让你真正地动笔开始写作，帮助你发展和深化作品中的人物形象，控制故事的情节和节奏，直至引导你修改作品。每一个练习的前面都有作者的简短评论，概述他们设计的练习中虚构类作品的相关写作要点，以及这些练习如何帮助他们提高自己的写作水平。

《开始写吧！——虚构文学创作》一书分为八个部分，分别是：开始动笔；视角；人物发展；对话；情节和节奏；场景与描述；技巧；修改。这八个部分按顺序排列，用心的作者可以循序渐进，逐渐完成自己的作品——先把文字写出来，接着对作品的各个要素进行磨砺改善，包括至关重要的修改。拿起笔来，开始写吧！

目录

开始动笔!

视角

情节和节奏

背景和描述

技　巧

修　改

开始动笔！

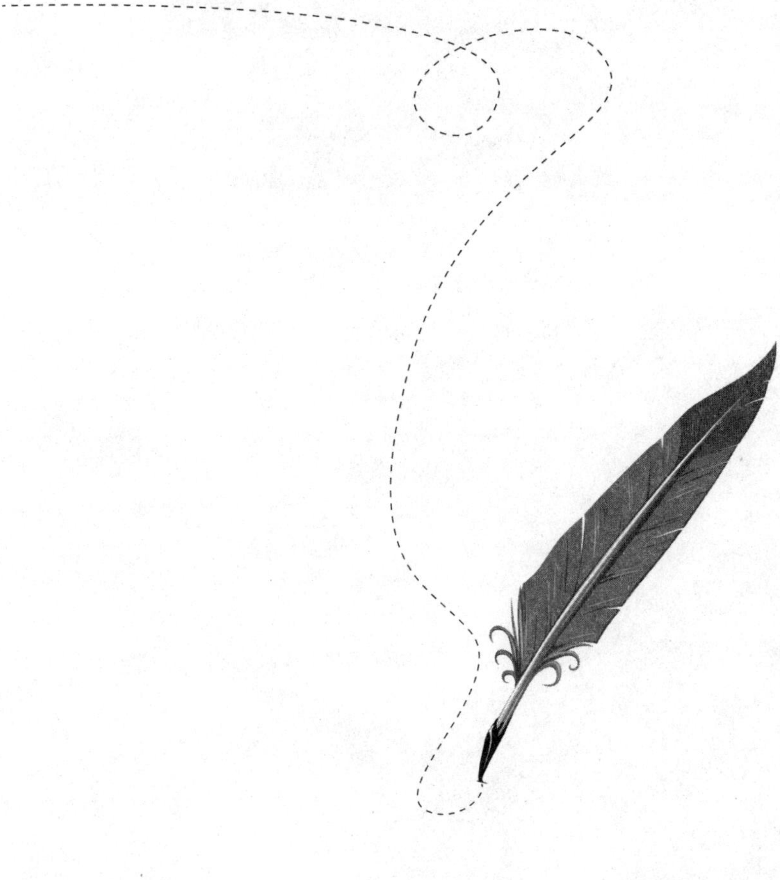

结婚照 Jayne Anne Phillips

Jayne Anne Phillips，出版过三部小说：*Machine Dreams*，*Shelter*，以及 *MotherKind*；两部被收录到各种选集的短篇小说集：*Black Tickets* 和 *Fast Lanes*。曾获得苏·考夫曼奖（Sue Kaufman Prize）的“第一虚构作品”奖，美国艺术和文学学会（The American Academy of Arts and Letters）颁发的文学类学院奖，古根海姆基金会奖（Guggenheim Fellowship），两项美国国家艺术基金会奖（The National Endowment for the Arts Fellowship），拉德克利夫学院本丁(Bunting)协会的本丁奖，以及霍华德基金会奖（Howard Foundation Fellowship）。其作品发表在《哈珀斯》(*Harper's*)、《格兰塔》(*Granta*)、《双翻》(*Doubletake*)、《南方评论》(*The Southern Review*)，以及《诺顿当代小说选集》(*The Norton Anthology of Contemporary Fiction*)。曾在哈佛大学、威廉姆斯学院、布兰迪斯大学以及波士顿大学授课。目前为罗格斯大学纽华克分校英语教授，她将在那里设计并落实一项新的创意写作硕士项目。目前居住在波士顿和纽约。

我出版的第一本书叫做《甜蜜爱人》，那是一本美术作品，限量印制了500册，由Truck出版社出版，编辑是北卡罗来纳州卡勃罗的戴维·威尔克。(《甜蜜爱人》一书的封面以及内文设计十分漂亮，这要感谢戴维。) 该书封面上是我父母的结婚照——这也是我（离婚了的）妈妈把《甜蜜爱人》放在钢琴凳上的原因之一。这张照片拍得很美，和所有的结婚照一样，做了深色的压边处理。

练　习

可以把“结婚照”练习当作一个回忆性作业，写成一篇一页长的虚构类作品。这个练习要求学生绘声绘色地描述他们自己的结婚照、他们父母的结婚照或者是某个陌生人的结婚照。在画面的启发下，写出一页虚构作品，例如下面的《结婚照》一文。在我的班上，有时会把“结婚照”练习编成故事集，名为《班级照》。

结婚照

白色套装的裙边下，妈妈脚踝的曲线柔和地延伸下来，仿佛她的骨头都是水做成的。衣服里面，裹着她那橄榄色皮肤的身躯。黑色的头发，光洁如瓷器般的脖颈，很少露齿的鲜红嘴唇。妈妈的双眼又大又圆，内心的激动使她面色红润，仿佛点燃了她的双眸。她的心脏怦怦跳着，虽然没人能听得见。那个声音说，每个胎儿都漂浮着，就像那子宫里的小岛。

爸爸站在她的身边，身上穿着棕褐色的西装，脚上穿着双色皮鞋。1944 年，他也是那么站着，在新几内亚岛上的一架飞机旁。旁边一个女孩穿着高跟鞋和短裤，坐在秋千上。她的胸部像气球一样隆起。他们的天空是开阔的。她黄色的头发像小猫一样柔顺，坐着秋千向他荡过来。光照得他睁不开眼睛。现在，他粗大的手指向里弯曲着，好像要抓住什么。

在她的手里，雪白的《圣经》发出嗡嗡的声音，就好像蛾子涌进装满蜂蜜的蜂房。身边的丈夫不是她最初的考虑。五年前，高中时的情侣倒在浴室的地板上，他的恋人纯洁无瑕。现在她 23 岁了，她的妈妈生病了，是时候了。我爸爸的心脏重重地撞击着，那是摔跤运动员心里敲起的钟声。他快 40 岁了，百合花在旁边吹起喇叭。在他肩膀往上，一个十字架的颜色显得苍白，它把两只手臂伸向了这对新人的头部。

凭借感觉 Robert Olen Butler

Robert Olen Butler，擅长写虚构作品和电影剧本。他出版过 10 本小说和 3 本故事集。他的小说集获得过 1993 年的普利策奖（Pulitzer Prize），此外他的 *A Good Scent from a Strange Mountain* 获得了 2001 年的国家杂志奖（National Magazine Award）。他还获得过古根海姆奖的虚构作品奖、美国国家艺术基金会以及美国艺术和文学学院颁发的理查德及辛达·罗森瑟尔奖（Richard and Hinda Rosenthal Award）。写过的其他著名作品包括：*The Alleys of Eden*，*Tabloid Dreams*，*The Deep Green Sea*，以及 *Had a Good Time*。他的作品发表在《纽约客》（*The New Yorker*）、《时尚先生》（*Esquire*）、《巴黎评论》（*The Paris Review*）、《塞湾尼评论》（*The Sewanee Review*）、《美国最佳短篇小说选》（*The Best American Short Stories*）、《南方新故事》（*New Stories from the South*）等报纸杂志上。他拥有佛罗里达州立大学 Frances Eppes Professorship 杰出教授头衔。

这是一个训练写作的练习，包括七个步骤，在我的讲演录《梦开始的地方》中写到过。**每一步都要单独进行**。确认你已经完成了一个步骤，然后再进入下一个步骤。

不要抽象思维，不要做概括，不要写摘要，不要进行分析，也不要做阐释。强迫自己只凭感觉不断地写作。此时不要讨论你的风格，不要为哪一个词的对错感到苦恼；就凭感觉让它流淌出来——流啊，流啊，流啊。不要思考，不要思考。就凭感觉，感觉，感觉。如果你真能按照要求严格去做，你就会发现，你的文思正在流向你自己的无意识这座伟大的殿堂——至少是它的门厅。

我要你用第一人称写作。当我说"你"的时候，指的是你笔下的人物。

现在，关于人物。如果你有一个曾经亲密共事过的人物，你可以从他的角度来写。不过我不想鼓励你这样做，因为接下来的练习对你就没什么用处了。当缺少任何你急需的人物，而你又不曾和这些人物有过联系时，我劝你写一个从人口统计学角度来看和你非常相似的人物。这并不是你，你写的不是自传，但是除非你有一个迫切需要探索的人物要写，还是选一个和你的年龄、性别、种族等等都十分接近的人物来写吧。

不要抽象思维，不要做概括，不要写摘要，不要进行分析，也不要做阐释。

（**重要提示：不要提前阅读后面的步骤**。一次只进行一个步骤，让下一步带给你惊喜。）

练　习

第一步

你突然醒来，这时不是早晨，你也没躺在床上。但是，这是你住的地方。你醒来的房间里的各种东西和它们的位置都是对的。你上气不接下气，为一个你不能、也不愿记起的梦感到焦虑。你环顾四周，房间里的一切都散发出一种无法言说的焦虑。让我们看一下房间，就在这时，用你的感觉。

就凭感觉让它流淌出来——流啊，流啊，流啊。不要思考，不要思考。就凭感觉，感觉，感觉。

第二步

有一个东西十分特别，它抓住了你的视线，显得和你的焦虑有某种强烈的联系。走向这个物体；碰碰它，用你的感觉来体验。

第三步

这个东西唤醒了你的记忆，它生动新鲜宛如梦境，但不是刚刚惊醒你的那个梦。它是一个真实的记忆，一个对什么东西怀有渴望、欲望的记忆。但是它只是你所渴望的东西的表面体现——一个物品，一个动作，一个触摸，什么都行。注意力集中在从一个时刻到另一个时刻的具体感受上，记忆中想要这个东西，而这个东西又承载了更深层的向往。先不要进入那个深层的渴望。通过你的人物的感觉来体验那个东西。

第四步

现在让这个渴望的记忆把那个唤醒了你第二个记忆的时刻包括进来。这第二个记忆与另一个物品有关，和你当前接触到的物品不同，但是在基本的感官方式上比较相似。这第二记忆让你感到惊讶。你把它和第一个深深地联系起来。接着那一**渴望**突然更深了，深入到一种存在状态中，一种自我的状态。不要标示出来。此时此刻，通过感觉体验它。

第五步

在第二记忆中，你被引向一个由你的渴望所驱动的行动。让这一行为一步一步发生。

第六步

这个行动的某一部分会把你带回现在，带回对第一个物品的意识。重新感受这个物品。你对它的感官理解改变了，在这两个相关联的记忆中体验到的感情和渴望重新塑造了你的理解。

第七步

现在，回到目前的状态，根据所有这些体验，采取一个行动。

我的宠物 Alison Lurie

Alison Lurie，1984 年因 *Foreign Affairs* 一书获得普利策奖。她还著有另外九部小说：*Love and Friendship*，*The Nowhere City*，*Imaginary Friends*，*Real People*，*The War between the Tates*，*Only Children*，*The Truth about Lorin Jones*，*The Last Resort*，以及 *Truth and Consequences*。她还写了一本鬼故事集、一本儿童文学以及民间故事集、一本回忆录，以及一本关于时尚心理学的书。她的作品曾被翻译成 12 种文字。自 1970 年以来，她在康奈尔大学教授文学、民俗学以及写作。

练　习

写一篇名为“我的宠物”的文章。唯一的要求是，你写的必须是一只你没有养过的宠物。它可以是任何动物，从一只小猫到一只恐龙，从一只苍蝇到一条龙。形容一下你的宠物的长相，你是怎么得到它的，它吃什么，在什么地方睡觉，它会要什么把戏，以及它是怎么同你的家人、朋友、邻居和/或同事相处的。

正如人们说的，我们国家的人们热爱宠物。不仅如此，美国有一半家庭都养动物、鸟或者鱼。人们养宠物的动机是什么？可能的答案有：保护的需要；爱的需要（一个你可以爱护和/或爱你的生物）；美的愉悦（美丽的宠物，作为内部装饰或地位象征的宠物）；做父母的感觉（孩子的替代品）；虐待的冲动（虐待某个东西），等等。在你的练习中，宠物的功能是什么?

以“我的宠物”为题，写一只你没有养过的宠物。

通过一只宠物的形象还可以创造出它主人的形象。从这个练习中，我们对宠物的主人有什么了解（例如，他和蔼可亲、善良、喜欢美女，等等)?

经常有人提到，有些人看上去和他的宠物长得很像，有的宠物长得像它的主人。怎么会出现这种情况？还有的时候，宠物则长得和它的主人一点都不像。这可能显示出宠物主人的一种冲动，一种他自己不想表露、或无法表达的冲动(例如，一只特别具有攻击性的狗，它的主人却十分沉稳安静)。你文章里描述的宠物长得和它的主人像吗？从哪些地方可以看出来?

两个人走出一座建筑，走进一个故事 Alice Mattison

Alice Mattison，最近的作品是一部系列故事集：*In Case We're Separated*。她最近写的一本小说名为 *The Wedding of the Two-Headed Woman*；她早期的虚构作品包括：*The Book Borrower* 和 *Men Giving Money, Women Yelling*，这两本都是《纽约时报》(*New York Times*）上的值得关注图书（Notable Books)。她写的故事、文章以及诗歌发表在《纽约客》、《犁头》（*Ploughshares*)、《三便士评论》(*The Threepenny Review*)、《阿格尼》(*AGNI*)、《谢南多厄》(*Shenandoah*)，以及许多其他的报纸杂志上，并入选《美国最佳短篇小说选》以及《手推车奖作品选》(*The Pushcart Prize*)。她现在本宁顿学院创意写作硕士项目教授虚构文学作品写作。

我只知道一个写作练习，而且我自己都不常用它，因为它实在是太好了。它让人感觉到强大的推动力。如果你正在想着接下来写什么，并且愿意遇到惊喜，它就对你很有帮助。告诉自己，“两个人正从一座建筑里走出来”。

故事就藏在我们心中，等着被我们发掘。我们可能还不知道它是什么，但是我们总是知道些什么。如果有人告诉你——或者你自己对自己说——两个人正从一座建筑里走出来，你就会发现，关于这两个人你马上就有所了解。不要对他们做什么判断；你会用你的心来看他们。也许其中一个人戴着帽子。也许一个正在大笑。当你就这两个人提出问题时，答案会慢慢浮现。你必须耐心并学会接受。

问一些问题，比如：他们从建筑里出来的时候，是感到放松还是觉得难过？他们会分开还是一起去某个地方？他们是男是女，是老是少？他们之间刚刚认识，还是非常熟悉？你可能暂时对他们之间的确切关系不太清楚，不过我想你很快就会熟悉这种关系的程度。你会知道（你要是愿意，观察一下街上的陌生人）他们是刚刚遇到的还是彼此十分熟悉，他们很高兴有对方做伴还是不愿意这样。只消一会，你就会发现，他们是律师和委托人、母亲和女儿、老师和学生、兄弟两个。

故事就藏在我们心中，等着被我们发掘。我们可能还不知道它是什么，但是我们总是知道些什么。

如果你发现你是在做判断，而不是在观察，那就先放慢下来。接着问问题。要是觉得你的答案是对的，就相信它们，即使这些答案看起来有些奇怪——特别是当它们看起来有些奇怪的时候。这座建筑是住房、商店还是办公大楼？接着他们要到哪里去？一旦你知道的不仅仅是你感觉他们要去哪里，而是他们真正要去的地方——公墓、学校或是银行——你就能问下一个问题了。那里会发生什么事情——那里**能**发生什么事情？之后又可能发生什么事情？当你真正开始写故事的时候，这两个人可以不在故事开始的时候从建筑里走出来。他们可以在故事中间或者结束的时候走出来，或者，在这个故事里他们甚至根本不需要从这座建筑里走出来；可能故事是关于他们走进建筑以前发生的事情，或者是发生在建筑里的事情，也可能发生在第二天、下一周或者是明年。

种 子 Alexander Chee

Alexander Chee，著有小说 *Edinburgh* 和 *The Queen of the Night*，于 2007 年秋由 Houghton Mifflin 出版。他是怀丁作家奖（Whiting Award）以及美国国家艺术基金会文学奖获得者。他写的故事和文章被编入 *Men on Men 2000*，*Boys Like Us*，*Loss within Loss*，以及 *The M Word*。曾在纽约的卫斯里大学和新学院虚构以及非虚构写作工作室教课。现居住在缅因州。

简要描写三个你童年时的故事，你并不记得这些故事，它们是别人告诉你的，是你的亲戚或父母、祖父母讲给你听的。

看看这三个故事。你能在里面看到事件吗？如果能，你是怎么获得视觉记忆的？把这些故事和你对生命中发生过的比较重要的事件的记忆进行比较，这些事件可以是当代的。它们之间有什么不同？

你能看到你关于童年的“记忆”是如何像相册里的照片一样活动起来的吗？

在我两岁的时候，我喜欢藏在家具后面，模仿房间里大人说话的声音。有一次，我奶奶和她女儿，也就是我那年轻的高中生姑姑，吵了起来。她们用韩语争吵，这时我开始模仿她们说的每一个字。她们停下来，吓了一跳。我奶奶突然大笑起来，但是我姑姑被激怒了，我敢说到现在她都为这事生我的气。

我可以“看到”这次事件，不过我穿着我在那时的画面里穿着的衣服，在我关于房间的印象中，它的颜色也是那时的画面里房间的颜色，以及我长大后对那个房间的记忆中的颜色。我能够看到一个童年时的我：穿着工装裤，头发梳向一边，闭着嘴巴微笑。当他从遮住他的家具后走出来的时候，他不是我，而是基于我自己的经历的人物形象，我创造了他，用来说明我听到过的关于我自己的事情，我也相信它们是真实的：我仍是一个模仿者。

换句话说，这是一个关于早年自传的虚构作品。这些故事是别人告诉我们的，他们想让我们相信自己的这些事情。我的观点是，通过这些故事，我们到达了一个早年的无意识的自我，一个对我们来说有些原始的身份。其讽刺性在于：我们间接地接受它，却能够直接体验它。我们有些人甚至受这些早期故事的控制——在我们长大成人后，朋友和家人可以用这种故事提醒我们他们认为我们是什么样的。任一种方式都能构建我们的身份感。正因为如此，它们对小说作家来说是有用的。

通过这些故事，我们到达了一个早年的无意识的自我，一个对我们来说有些原始的身份。

在我写作第一本小说期间，由于我在工作室里发现，我使用的那种无意识的方法对于我当时正在寻找的答案所能提供的实在太少，所以，我采用了一种有意识的方法写自传体小说。而且控制得有点太多。当时在艾奥瓦，我的老师是玛丽琳·罗宾逊[1]，她经常告诉我们和我们的无意识进行交流，让写作轻轻叩开无意识的门扉。这个练习就来自于那种鼓励。

让写作轻轻叩开无意识的门扉。

我可以把我自己的故事当作原型，写一个故事，其中的人物形象和我有些相似。整个故事的冲突还在那里，是现成的：奶奶和我是一个阵线的，姑姑是主角。我是个小孩，但

---

① 玛丽琳·罗宾逊（Marilynne Robinson），美国作家。曾获普利策奖和国家图书奖。本书中注释均为译者所作，不再一一注明。

这并不妨碍我对十几岁的姑姑形成威胁。甚至于：我单纯无知，轻轻松松就赢得了她母亲的爱，而且明显是在取笑她。对她来说，我很容易就会成为敌人。她太年轻了，根本不理解我并不是故意那么做的。

奶奶会那样反应，是因为我是她最疼爱的儿子的孩子。她也曾允许她的儿子做出一些调皮捣蛋的事情，因为他知道即使不听话，也还能获得她的宠爱。这是其他几个孩子都做不到的。

我用这个事件作为故事的开头，它自身就有一种力量来传递某种意义，以及某种紧张的情形。在故事的开头，发生了什么事情，这时，有一个产生摩擦的点对作品的开头是至关重要的。这可不是一个孩子有什么“感觉”的故事。它写的是一个孩子对一件礼物有什么样的力量和危险的认识，他能够使用却不能理解。他的每一次实验以及他所引起的别人的反应，将逐渐造就他的一生。这次事件是他第一次实验，他和姑姑、奶奶之间关系的力量转移，就是其结果。他们彼此之间的相互关系永远都不相同。姑姑随后会感到没有被爱，而且毫无理由。孙子感觉到了爱，也是毫无理由。奶奶她自己不会做出解释。她根本看不到这个问题，只会觉得自己的女儿没有幽默感，而她的孙子，天生就那么可爱。

小说从某种角度讲，就是一种情景的推进，以及在这种情景中，人们相互之间、与情景之间的关系。

练　习

回想一下你的三次经历。选出一个你觉得最有趣的。回答下面的问题：

1. 在这个回忆中，事件的情形是怎样的？尽量准确一些。要考虑到经济因素和社会因素。

2. 其中所涉及的人们，包括你自己的角色，都有什么动机？

3. 他们之间的力量关系是怎样的？

4. 什么地方可以做变动？环境可以变吗？姑姑可以换成叔叔、奶奶或老师吗？你怎么才能进一步替换人们的身份，把他们变成你故事中的人物，而同时你又能保留其中的情感发展以及你自己对它的认同？

现在，仔细思考过以上所有问题的答案后，写一个更加完整的场景描述，然后再看看故事会怎么发展。

诚实的胆量 Diana Abu-Jaber

Diana Abu-Jaber，她的小说 *Crescent* 曾被翻译成九种文字，并获得了国际笔会中心小说奖（PEN Center Award for Literary Fiction），以及哥伦布前基金会美国图书奖（Before Columbus Foundation American Book Award）。同时这本小说还被《基督教科学箴言报》（*The Christian Science Monitor*）评为年度值得关注图书。她的第一部小说 *Arabian Jazz*，获得 1994 年的奥里根图书奖（Oregon Book Award）。她最近写的一本书，名为 *The Language of Baklava*，是一本食品报告文学，被选入 Borders Original Voices。她的作品还在以下出版物上发表过：《纽约时报》、《女士》（*Ms.*）、《沙龙》（*Salon*）、*Gourmet*、《好管家》（*Good Housekeeping*），以及《国家》（*The Nation*）。她曾在多所大学执教，包括密歇根大学、奥瑞根大学、加州大学洛杉矶分校以及迈阿密大学。她目前是波特兰州立大学的驻校作家。

我喜欢那些能够帮助作家热身，并且让他们文思泉涌的练习。在某种程度上，我认为所有计时的“自由写作”练习，都能对写作过程有所帮助。通过让自己在一定的时间限制内，不加停顿地快速写作，你能够让自己从日常生活的束缚和习惯中冲出来，进入新的领地，获得新的发现。

此外，通过给自己规定时间，指定主题、题目以及方向，你可以磨砺自己特定领域的写作技巧，包括人物发展、对话、背景等等。

下面是我最喜欢的一个计时写作练习，能够让你在写作中勇敢地推进情感表达。

练　习

任务很简单：写写你对性最初的了解。

给自己大概半个小时，写一下你在性方面最早的发现，要很快地把内容写下来，中间不要停止。大胆一点，能有多诚实就要多诚实。做这个练习时，没有什么所谓正确的方法。对一些人来说，这项写作任务可能会写出非常幽默的作品；对另一些人来说，可能会觉得尴尬，或是伤心。还有可能，这几种情形都会出现。

一般来说，像这样一个练习的相对成功与失败，要看你在写作中能够投入的情感有多真诚。写作是第一位的也是最好的一种方式，能够让我们发现可以分享的真理与意义，剥去我们的伪装与惺惺作态。如果我们认同卡夫卡的论断，也就是说写作给了我们“一把斧子，劈开内心结冰的海面”，那么把自己的性事写好并且写得让人相信，这种能力就是一种终极挑战与解放。

写作给了我们“一把斧子，劈开内心结冰的海面”。

把自己的性事写好并且写得让人相信，这种能力就是一种终极挑战与解放。

曾有很多作家告诉我，即使过去许多年，他们都不会写到诸如此类的经历，因为他们害怕他们认识的某个人会读到它，从而引起别人的反感。我们最严厉的检察员就是我们自己，阻止我们把故事写出来，给任何一个有机会读到的读者看。如果你觉得这个练习有麻烦，你会发现，在不同的时间，你会想要回到这个练习，并且试着完成它，看看有什么样的故事会冒出来。这项练习鼓励我们“拥有”自己的经历。每一个人都有权拥有自己的故事以及我们个人对事件的理解——不论其他人对它们的看法会有多么不同。

正因为如此，不管你感兴趣的是虚构还是非虚构文学创作，这项练习都很有帮助。它能帮助传记作者接触到重要的记忆，帮助小说作者深入刻画他的人物。不论哪种情形，在帮助作家发出自己的声音方面，它似乎也非常好，它提醒我们，我们也有很多属于自己的故事。当你在某些想法上进退维谷的时候，再次调动你自己的早期冒险经历以及发现，它们会成为你的一大灵感来源。如果你能勇敢、大胆甚至有点厚脸皮地做这项练习（提醒自己你可以随后把你做的练习烧掉……要是你真想这么做的话），你，就像很多作家那样，会发现，你拥有一种天生的幽默感和魅力，或者说是勇敢或创造性，这是你之前从未意识到的。这总是一件好事。

照　片 Jill McCorkle

Jill McCorkle，出版过三部短篇小说集：*Crash Diet：Stories*，*Final Vinyl Days*，以及最近的 *Creatures of Habit*；还出版过五本小说：*The Cheer Leader*，*July 7th*，*Tending to Virginia*，*Ferris Beach*，以及 *Carolina Moon*。她的书中，有五本被评为《纽约时报》年度值得关注图书。她的短篇小说发表在《大西洋月刊》（*The Atlantic Monthly*）、*Bomb*、《时尚》（*Cosmopolitan*）、《妇女家庭杂志》（*Ladies' Home Journal*），以及《犁头》。*Billy Goats* 入选《2002 年美国最佳短篇小说选》。她曾在北卡罗来纳州立大学的教堂山分校、哈佛大学以及布兰迪斯大学教课，现在本宁顿创意写作硕士项目教课。她和两个孩子居住在波士顿附近。

对我来说，作为一名作家，最难的一个任务就是淘汰那些把我引向上百万个不同方向的素材。当我的学生遇到这个问题（这是个好问题！）同时有太多的想法在他的脑子里撒欢奔跑时，我会建议他先做一个练习，帮他把阁楼清理干净——这个练习是我的大学教授马克斯·斯蒂尔布置给我的：留出一段 30 分钟的时间，写一个 1 000 字左右的句子。不用考虑结构或标点的问题；不用校订。就是一直写下去。一旦所有的想法都落到了纸上，再从里面挑出些什么特别的东西就容易多了，这时就用到了我选择的练习。

练　习

选一张图像。可以是你的生活照，也可以是杂志里的图片、画廊里的画作，或者是记忆中的一部分、一个静止的形象，不管是真实的还是想象的。

作为一名作家，最难的一个任务就是淘汰那些把我引向上百万个不同方向的素材。

重要的是，你的脑海里有一个图像，并且加了外框——如果你愿意，可以和所有其他事物隔离开来。这个外框起到故事结构的作用；你的故事要限于画框里面的东西。然而，画框里面的东西要比眼睛所看到的多。你可以描述里面都有什么，不过你也有权想象事件之前都发生了什么。这个图像是怎么来的？你也有权设计接下来将会发生什么。重点仍然是现在，但是，两边的门窗都敞开了，拓宽了图像的来龙去脉与相关知识。

重要的是，你的脑海里有一个图像，并且加了外框。

我在想要强化或突出一个场景时，经常使用这个练习。

四页故事写作 Rick Hillis

Rick Hillis，出版过一本短篇小说集 *Limbo River*，一本诗集 *The Blue Machines of Night*。曾以写电影剧本为业。在多家机构教授小说、诗歌以及电影剧本创作，包括印第安纳州绿堡的迪堡大学，现在他的家也在那里。

练　习

坦白说，我不会布置很多练习。实际上，“四页传统故事”就是关于这个练习的。可能这是因为我没有上过大学里的创意写作工作室，所以从来没有接触过这些练习。不过，我也明白练习的意义，以及学生们对练习的需要。但是不管好坏，我喜欢直接切入实质性内容，越快越好。

对我来说，“四页传统故事”既是练习，又是真正的写作。我经常布置这个练习——或者是它的变形——在入门课上让学生在学期一开始的时候做，让学生在几天的时间内写完它。在工作室，我们把焦点放在构成虚构作品的要素上，几乎是一个一个地研究它们。大概四次课的时间，我们就可以往下进行了。学生们已经写出了一个故事（有的时候，这是他们整个学期写得最好的——不论他们知不知道），他们这时已经熟悉了工作室的方法并理解了虚构作品的语言，练习给他们帮了大忙。

预制故事练习有两个方面的魅力：构成短篇故事的所有

要素都可以得到强调，而且到最后学生们都会写出一个完整的故事。通常，在我的虚构作品写作工作室，这些预制故事是整个学期最强大和最值得记忆的。

练 习

要求如下：

1. 故事的长度为三到五页。不要太长。

2. 情节发生在一个漫长的周末。

3. 故事开头，用一行字说明主人公看到对手到达。

4. 对手有一些主人公想要或认为自己应该得到的东西。

5. 在周末，主人公得到了一个机会，把那个东西据为己有……或者没有得到这个机会。

6. 重要的一点：这个“东西”要具有比喻性。它必须是关键的比喻，并且是故事的题目。

不要解释任何事情；什么也别告诉读者。一切的一切——意义、感觉、思想——都通过动作、细节以及判断来展现。

7. 同样重要的一点：不要解释任何事情；什么也别告诉读者。一切的一切——意义、感觉、思想——都通过动作、细节以及判断来展现。

这就是——一个基本的“是谁在敲我的门”的故事。有一点要警告你，一些创意写作学生可能会面对这个练习犹豫不前，因为初看这个练习似乎把所有创造性的选择都砍去了。其实不是这样。练习的要求只是控制时间，并且坚持传统的讲故事的基本要素：冲突、动作、比喻。

传统的讲故事的基本要素：冲突、动作、比喻。

最重要的选择还是由学生来做出的。环境选在小屋里还是建筑工地？对手到达的时候，是骑马来的还是开了一辆卡迪拉克？叙述者是小孩还是大人？他的观点是什么？当时是什么假期——复活节、圣诞节还是感恩节？故事里的“东西”，是一个保龄球奖杯（可以用一种滑稽的语气），还是一个助听器，让你的表弟一下子变得受人欢迎，但又好像让人想起去世的露比姑妈？（可能这时就不是一种滑稽的语气。）

虽然这样可能没有严格遵守预制原则（我经常让学生们打破这些原则，来把故事写得更有力），雷蒙德·卡弗[①]的“观点发现者”可以起到示范的作用。

对这个练习做一下改动，变成基本的“道路旅行”战略，也许更容易让学生感到激动。在这个练习中，主人公正在去往葬礼、聚会、生日宴会、曲棍球比赛、音乐会……的路上，然后遇到了——在第一段中——某个人或者某个东西，改变了故事的发展方向。就像“是谁在敲我的门”的练习一样，如果这个人拥有一件主人公想要、需要甚至不惜违背常识来得到的东西（最好是实体的），会很有帮助。故事的最后，这一冲突用一种很微妙的方式，改变了主人公的生活。

在强调环境、细微感觉以及动作方面，这个版本能产生很好的效果，它能够帮助学生避免写出一个平淡无奇的故事。

---

① 雷蒙德·卡弗（Raymond Carver，1938—1988），美国当代短篇小说家、诗人。

两脚朝天的鸟：记忆、地点与虚构的杂糅 Maria Flook

Maria Flook，小说家兼非虚构作品作家。她写的书包括：小说 *Lux*，*Open Water*，以及 *Family Night*；故事集 *You Have the Wrong Man*；非虚构作品 *Invisible Eden：A Story of Love and Murder on Cape Cod* 以及 *My Sister Life：The Story of My Sister's Disappearance*。她现在是爱默生学院的驻校作家。

有一次，我回去看“12 排，12 号”的房子，那里是我度过童年的地方。很久以前，我的家庭就破裂了，我的父母搬出了这座房子。后来我带着自己的两个孩子，开着车回到故地——特拉华州威灵顿的一个郊区，“世界的化学之都”。

我十几岁的女儿和还在蹒跚学步的年幼儿子，都不能理解我强烈的感受和焦虑杂陈的心情。那个秘密把我带回到门口开裂的石板台阶前。我想按响 12 排 12 号的门铃，问一问现在的住户我能不能在房子外面随处转转。从内心来说，我希望得到邀请，再次走进房子里。我想带我的孩子们去看看壁炉上贴的法国瓷砖。在我离开这里很多年以后，这些瓷砖经常浮现在我的脑海里，不断吸引着我的兴趣。瓷砖上画了一只鸟——头朝下脚朝上飞着！这只头朝下的鸟是一种错误——但是对我来说，它充满了魅力。

这些瓷砖似乎代表着我刚刚意识到自己进入了今天所过的生活。

要是新房主没有把瓷砖摘下来，我想问他们我能不能把瓷砖要回来。泥瓦匠可以把瓷砖敲松后取下来，然后把壁炉修好。我愿意支付这项费用。

但是一切都不同了。

从一开始，在我开车前往林边山冈区的房子的路上，那些曾经一路延伸到我家门口的熟悉的长满青草的马路被封了。除草机、推土机，还有通往新泽西的路障挡住了去路，根本没有办法把车开过去。他们正在盖一个巨大的“仓储商店”，一个像沃尔玛或者家得宝一样的地方——整个交通都发生了改变。不过接着我看到一个告示牌。这个大仓储店实际上将成为一个新的小型综合大楼。

我不得不往回开几英里，围着施工现场转一圈。因为绕道，我路过了原来就读过的高中，它的外面用层压板钉了起来。学校外墙上的白色砖头上挂着夸张的装饰物，这些装饰物盘卷在整个外墙上。空空的建筑装饰得十分华丽，上面色彩热烈的图案使整栋建筑看起来就像一只夸张的大鸡蛋。经过小镇一段向下的斜坡地带，终于进入了我家原来的社区，现在这里好像是和 25 年前这里的白人中产阶级完全不同的人群居住的社区。就在距离我家两个街区以外，有一家治疗美沙酮镇静剂药瘾的诊所。诊所正在全负荷运营，外面的人行道上，病人们如幽灵般排着弯弯曲曲的长队。挨着诊所的一所房子是原来我经常找同学贝蒂·迪戈斯玩的地方，我们俩曾在那里交换芭比娃娃的衣服。贝蒂家的房子现在成了一家“血液中心”，美沙酮诊所的瘾君子们能够到这儿来卖血，换上几个钱。

但是当我到达我家原来的街道时，这里还是那么熟悉，尽管周围被高大的侧柏环抱着。原来只到腰部那么高的树篱，现在已经倾斜着伸到了房顶。我在老房的鹅卵石院子前停车。孩子们和我从车上下来，这时我看到，房子每一个小窗户的百叶窗都严严地关着。从窗户里什么也看不见。你再也不能透过大窗户看到像巨幅图画一样的起居室，那个巨大、长方形的窗户属于20世纪50年代具有纪念风格的理想的房子。但是即使这个大窗户，也挂上了塑料窗帘。这就根本没法窥到房子内部的情形，更看不到壁炉上贴着的那只头朝下的飞鸟了。

孩子们站在我身旁，面对着大门。我按下了门铃。但是当我按下那个小小的白色塑料按钮的时候，门铃爆炸了！小小的铃声在门铃系统里用尽全力地响着，把按钮炸了出来，弹到了我的胸骨上。经过几十年的使用，门铃罢工了，并且瞄准我开了一枪，好像要向我发出警告。

我又试了试敲响门环。还是没人答应。要是我妈妈还在，还住在这里，早就穿着她迷人的睡衣出来开门了。现在住在这里的夫妻俩可能都在上班。我想，现在再也没有“总是在家的妈妈”了。这里没有像我妈妈那样小魔女似的女主人，把自己打扮成怪里怪气乔伊·帕图的样子，来迎接推销员以及干洗店员了。我再次敲门的时候，发现窗户里面的塑料窗帘动了一下，好像有人在后面想要看我一眼。

当我正想让孩子们转身走开的时候，大门打开了一条缝。我只看到了一条黑缝，但是没有人出现。

“对不起？”我说。“我不是想要打扰你——”

“那就走开，”一个声音说道。

“那，好吧，”我说。“我就是想回来看看老地方。”

门没有动静，不过我看到了门把手上的一只手，厚厚的浴袍下的一个女人修长的手指。

“壁炉台上的那只鸟还在吗？”我说。“我很想看一看。”

“没有了。”门砰地关上了。

我把儿子放回婴儿推车。因为刚刚不礼貌的交流，我决定忽略那个活像要免去女仆职务的冷漠老太婆一样的女主人，带我的孩子们到房子周围走走，看一下花园。我曾经被分配干家务，那时花园里的灌木被修剪成沙发的形状，我当时站在花园里，举着一根水管，给我爸爸刚刚种的仙人掌浇水。我告诉我女儿那些我爸爸种过的花的拉丁文名字，这时我注意到，房子里独自在家的那个人从一个窗户到另一个窗户地看着我们。我向她招了一两次手，但每次她都走开了。

接着，我发现了厨房门外的那些下沉式垃圾桶，奇怪的金属制成的圆柱体，用一个脚踏板做开关。我向孩子们解释说，在我姐姐离家出走以前，我们经常爬到里面去，玩捉迷藏。我女儿不明白我们怎么忍受得了里面臭烘烘的味道。“你们在这些垃圾桶里玩儿？怪不得她要离家出走。”

“我们那时还是孩子，”我说。年少无知，让我们爬到这些地下垃圾桶里时对臭味若无其事。我试着把盖子打开，看看里面的情形，却发现盖子被焊住了。

“安全起见，”我女儿说。

我想带孩子们再去看下附近其他的地方，我们推着婴儿车走上街道，去看看原来溜过冰的池塘。田园诗般的池塘，冬天的时候，我们曾在这里打过冰球；夏天时，我们就在河边数水面上漂着的像裂开的瓷碟一样的荷花。我们喜欢在平静的水边看自己映在池塘里的倒影——我们的脸庞周围都是花朵。但是这个可爱的池塘被填平了。现在这里是一个网球场，地面上覆盖着一层开裂的绿色橡胶层。网球场看起来缺乏修理，而旁边牧师的房子，也是破旧不堪，就像奇弗①的故事“游泳的人”中空荡荡的房子一样。

一个男人两臂交叉在胸前，站在房门前。他的表情似乎在说：迷路了！

下一个门前出现另一张脸。同感！

我想要走了。我突然明白，我根本就不属于这里。我向我的女儿细数着这一天所发生的事情。第一，我无法按照以前的路线把车直接开到家里，只能被迫去绕远。第二，我家房子的窗户都被遮起来了。第三，门铃爆炸了！第四，我们无法在我童年那平静的湖面上找到自己的倒影了。这些隐喻怒视着我，我试着从孩子那里找到些同情。我女儿说：“好了。我们现在可以离开了?”我儿子在他的推车里拍着两只脚后跟。

我知道，总有一天，他们也会有自己的故事。

正当我们准备钻进停在 12 排 12 号前面的车里的时候，房子里面神秘的女人沿着门前的台阶走了出来。她的双臂环抱在胸前。“我想你们可以进来看看。”她说。

我跑在我女儿前面，我女儿费力地拽着她两岁大的弟弟紧跟在我身后。那个女人领着我们走进起居室。里面乱成一团。落了一层灰的酒杯，盛着没有碰过的菜肴的盘子，像干草堆一样干了的意粉，可能用微波炉加热了一周的剩菜，吃了一半的英式松饼，到处胡乱堆放在伸手可及的桌面。报纸散落在地板上，好像有人在试着追一只只屋里乱跑的小狗。这种凌乱的场景似曾相识。一个家庭情景剧就要上演第二幕，它很私人的肮脏与其说让我排斥不如说更让我同情。这里发生过很可怕的事——一个悲剧，不像以前这些房间里被笼罩着的那

① 约翰·奇弗（John Cheever，1912—1982），美国小说家。

样。我想，我的脑子里乱糟糟一团，就像她的一样。

那个妇女大约有40岁的年纪，缩进了一把椅子里，手掌捂着前额，好像她得了剧烈的头痛。

但是她说，“他一个星期前离开了。从那时起我就有些不正常——对不起。”她轻轻拍着她的脸，看着我站在她剧幕落下的中央，好像她希望我能够猜到一些情节。她似乎感觉到我愿意：改编它。

“我很难过。”我说。

“迟早会这样，我本来不应该震惊。但是——”

我的女儿领着我儿子已经进到屋里。我的女儿在环视这个被毁坏的起居室时并没有皱鼻子或撅下巴。她已经从我这里听到过很多这所房子的故事，看到它一如既往的脏乱似乎并不惊奇。对于一个正处于敏感边缘的少女来说她显得相当泰然自若，也许她对她在这里看到的一切并不在意。

“好了，我猜就是这个。”那个女人说着，手指向了壁炉。

瓷片依然光鲜夺目，魅力依旧，但是我更倾向于审视沿着壁炉台挂着的照片。那里有这个衣服脏乱的女人和她丈夫在比较幸福的时候的照片。他们的婚礼。野餐。一棵圣诞树下，两个孩子蹲在堆在一起金字塔般的礼物前。一张近期的快照，夫妻俩人到中年，裹在一张哈德逊湾的毯子里，紧紧依偎着，靠在一个小帆船的船舷上。

那个女人说，“那个笨小鸟。就是个笑话。”她可能是指她丈夫的情人，也可能是说她自己。

“是一个幸运的错误，”我说。“我妈妈这么说的。”

“噢，别误会我的意思。我喜欢它。过一阵子它就长在了你身上。”

“是的。这是块了不起的小瓷片。”我知道我不会想把它要回来了。

我们回到了车上。那个遭到背叛的家庭主妇正需要帮助，把她丢下不管让我觉得内疚，但是我离开了我的童年。当我们绕路返回，经过普拉斯马中心和那个治疗美沙酮镇静剂药瘾的诊所的时候，我们意识到，在把我儿子安顿在他的儿童坐椅上的时候，我们把他的婴儿推车忘在了人行道上。我相信那个难过的主妇已经把它带到了屋里，为我收了起来。但是当我敲门时，没人应声。那个心碎的主妇偷了推车，她自己在不到五分钟的时间里也消失了。从一扇开着的窗户里，我想我听到了那个女人终于启动了她的洗碗机——或者那个头朝下脚朝上的小鸟发出了陶瓷般叮当作响的音符开始了歌唱。

练　习

以上的例子既可以当成一个真实的故事，有事实细节，也可以看成是一篇生动的虚构作品。写一篇五页的故事，内容是一个人物重返她童年时的房子或公寓，或者回到她和第一任丈夫或恋人一起住过的地方。从真实的回忆中寻找背景和有意义的历史作为主题。虚构当这个人物回来时，可能发生的故事——谁来开门——这个人物想要从新住户这里得到什么？这次会面会发生什么冲突？这次回到过去的经历和目前的世界相互交织在一起，会产生什么新的自我认识或内心剖析？虚构新的细节加强历史回忆引发的反思。像马蒂斯[①]说的那样，“按照真实的指引夸大其词。”

按照真实的指引夸大其词。

从叙述者的过去中总结人物，但是也要引入和并置新的

① 亨利·马蒂斯（Henri Matisse，1869—1954），法国画家、雕刻家和版画家。

人物，以探索主人公的复杂性。她过去的住处状况如何？她目前的矛盾冲突是什么——过去如何说明现在？对地点的现实感如何与心理的景观发生联系？是什么促使她回到那个地方，或者驱使她离开？你可以描绘行为的瞬间，荒诞的观察，陌生人与老相识之间的对话。

检查一下有什么危急关头。

一张通往各处的地图 Paul Lisicky

Paul Lisicky，出版有小说 *Lawnboy* 和 *Famous Builder*。他的作品刊登在《犁头》、《草原帆船》（*Prairie Schooner*）、《短镜头》（*Short Takes*）、《敞门》（*Open House*）和其他一些杂志及选集上。曾获得国家艺术基金会奖金、詹姆斯·米切纳/哥白尼文学奖奖金（James Michener/Copernicus Society Fellowship）；还两次获得位于马萨诸塞州普罗文斯镇的艺术工作中心所颁发的冬季奖金。现在沙拉劳伦斯学院任教，住在纽约。最近，他刚完成了一部名为 *Lumina Harbor* 的小说。

你为什么要写这个故事？

你自己丰富多彩的生活也许有助于对这个问题的思考。原因不在于小说创作和个人传记之间有必然的直接联系，而在于任何一个小说作者为了写出新奇而生动的作品，都必须在创作中加入自己真实生活的素材。对于你觉得适宜写作，但简单乏味或了无生气的故事（或小说!）素材，我建议做下面的练习。

这些练习至少会让你更清晰地了解，为什么这个故事对你很重要，这样你就能够在情感层面上挖掘它的意义。对于故事背景和个人领悟力的作用，以及两者之间的内在关系，你也会有更深刻的了解。

练　习

第一步

拿出一张纸，在上面画一张你童年记忆中有意义的地图，例如一个街区、一个公园、一片空地等。然后用 20 分钟，在地图上写出关于这个地方的尽可能多的具体细节。

你为什么要写这个故事？

第二步

在地图上标注发生过三个重要事件的位置。

第三步

想象你自己正置身于其中一个事件中，然后写出一系列与那次经历相关的感觉体验（声音、气味等）。

第四步

在你写出的感官体验中挑选出最能唤起情感回忆的细节，围绕这些细节，将这件事写成一个两页长的故事。

第五步

最后，从你的中心人物的视角，重新想象这段经历，把这个故事重写一遍。

从新闻开始 Chuck Wachtel

Chuck Wachtel，出版过小说 *Joe the Engineer*（本书曾获国际笔会/海明威小说奖）和 *The Gates*。他还写过一个短篇故事集 *Because We Are Here*（由美国维京/企鹅出版社出版），五本诗歌和短篇散文的作品集，包括 *The Coriolis Effect* 和最近刚完成的 *What Happens to Me*。Wachtel 曾任教于斯基德莫尔大学、萨拉劳伦斯学院、普渡大学，及沃伦威尔学院的创意写作硕士项目课程。最近他还在纽约大学的创意写作硕士项目中授课。

开始创作一个故事或一部小说，就如同在走进一个入口之前必须先把这个入口建造出来。对于作者而言，这一过程甚至在写下第一个字之前就已经开始了。一段记忆、一个形象、一次观察、一句无意中听到的话、一件事或一个梦都能唤起情感，开始故事的构想。一旦抓住了这个故事的核心，小说的创作就开始了。比故事来源更为重要的是你选择的主题，或者说是它选择了你，它所具备的深刻意义和无穷的可能性，令你印象深刻。

练　习

我经常让学习小说创作的学生做这个练习：在报纸或杂志上选一篇简短的文章，比如纯报道、生活趣闻、体育专栏或通俗小报等。关键在于，当你读的时候，你要有这样的意识——字里行间有一些内容能够被扩展成小说。

小说家 E. L. 多克托罗[1]在那篇绝妙的散文“假档案”中写道“……历史与小说用同一个模式来思考世界，都是为了引出意义”。多克托罗告诉我们，如果历史学家 E. H. 卡尔[2]认为历史不是编年史，而是“……作者与事实之间一个持续的互动过程”，他也可以这样说小说。这个练习就是针对那些对所有小说都至关重要的根本特征而设计的。

文章一旦选定，接下来的任务是处理文章中包含的简要描述，但不是像记者或历史学家那样的做法，而是要像莱昂内尔·特里林[3]在一篇关于俄罗斯小说家伊萨克·巴别尔[4]的文章中，向小说作者们建议的那种方式去处理：“……将事实置于环境的面纱之后。”

将事实置于环境的面纱之后。

这样做不是要写出整部小说，虽然以后可以达到这个目的。

这个练习的目的是尽可能自由、充分地使用“事实”，不要担心写出来的结果或整个叙述框架。它不是一个费力的练习，而更应该是一个享受的过程。它足以为你提供充满意义的画面，让你看到从现实中衍生出来的、虚构的地方，看到居住在此地的人们，看到他们命运中特有的状况。同样重要的是，描写一个视角，刻画一个人物形象，让他把读者从现实世界引入你所发明或发现的世界。

以一个看起来不像是**你自己**的想法来开始写作，能够解放你的想象力，给你的写作过程带来一种全新的、料想不到的效果。

---

① E. L. 多克托罗（E. L. Doctorow），当代美国著名作家。曾获美国国家图书奖等多种奖项。

② 爱德华·霍列特·卡尔（Edward Hallett Carr，1892—1982），英国历史学家。

③ 莱昂内尔·特里林（Lionel Trilling，1905—1975），20 世纪美国著名批评家。

④ 伊萨克·巴别尔（Issac Babel，1894—1940），俄国作家。

第一步

将别人介绍给我们的陌生人加上多重身份，能帮助我们发现描写人物的新方法。

第二步

不管叙述者是事件中的人物还是置身事外，运用这个叙述者的声音来展开故事，能帮助我们更关注他的形象，更好地理解他的情感如何产生深刻的意义。

第三步

最后，通过一系列我们经历的而不是创造的事件，我们有机会想出构建故事轮廓的新方法。对于能够从这个练习拓展开的更大的叙事结构，这一点尤其有效。从我们察觉到一篇文章有可能发展成小说的那一刻起，我们也就能预见故事内容的安排和调整方法；故事来自于我们所写的个别经历，而不是已经存在的叙事结构。

理解相信写作本能的必要性，关注故事主题的选择，以及巩固上文提到的写作技巧的具体运用。

如果认真完成这个练习，它不仅能提供展开故事的新方法（可以选择这种以一个叙述人为中心的方式把故事写完；下一步则有可能选择以众多人物发生戏剧冲突的方式继续写这个故事，而叙述者退至幕后），而且能从根本上强化写作的过程：理解相信写作本能的必要性，关注故事主题的选择，以及巩固上文提到的写作技巧的具体运用。

结婚蛋糕 Debra Spark

Debra Spark，著有 *Curious Attractions：Essays on Writing*，以及两部小说：*Coconuts for the Saint* 和 *The Ghost of Bridgetown*。她在科尔比大学任教，与丈夫和儿子住在缅因州的北雅茅斯。

作家乔治·加勒特①在弗吉尼亚州的夏洛茨维尔任教了很多年。20 世纪 60 年代，有一个穿黑雨衣和粉色高帮运动鞋的女孩定期来上他的课。但有一天，她没有出现。第二周便有一位学生在课上读了一首诗，题为“穿黑雨衣的女孩”。班上的其他学生都震惊了。他——这个“他”就是后来获得普利策奖的诗人亨利·泰勒②——怎么能写一个班上的同学，写一个他们都知道的人？而让乔治·加勒特感到十分震惊的是同学们的反应。为什么同学们都认为他不能写那个女孩？

于是，加勒特给全班布置了一个写作任务，让他们写一首诗或是一个短篇故事，题目就是“穿黑雨衣的女孩”。镇上的几位作家也以此为题尝试写作。当时加勒特并没有想过要编一本同名的选集，但是，既然有那么多稿子拿来给他看，为什么不编一本呢？所以现在，如果你们去旧书书店找

---

① 乔治·加勒特（George Garrett，1929—2008），美国诗人、小说家。曾获得弗吉尼亚州 2002—2006 年“桂冠诗人”称号。

② 亨利·泰勒（Henry Taylor），当代美国诗人。1986 年，凭借诗集《飞马腾空》获得普利策奖。

找看，可能还会找到那本在1966年出版的选集。在这本集子中，你们可以看到安妮·迪拉德[①]、谢尔比·富特[②]、弗雷德·查普尔[③]、玛丽·李·塞特尔[④]和其他一些作家的作品。

大约15年前，美国国家广播电台的苏珊·斯坦博格决定重复加勒特的尝试。她请加勒特挑选一个形象，并让16位作家以此为题进行创作。加勒特选择了“路中央的结婚蛋糕”。这一形象极具吸引力，因为它发生的可能性很小，需要对其进行具体解释。尽管这个形象充满象征含义，但是要充分理解它，需要有事实素材而非抽象概念。

我有一盘磁带，里面录制了不同作家在电台朗读的那个结婚蛋糕的故事。这是在1992年，由苏珊·斯坦博格制作。这个选集叫《路中央的结婚蛋糕：同一主题的23个变奏曲》。收听或阅读这个选集的乐趣之一就是比较作家们的不同反应，有的异想天开，有的乖戾抑郁，不一而足。

很长一段时间以来，我一直想写一个“路中央的结婚蛋糕”的故事，但是我什么也想不出来。我模糊地将故事设置在一个穿得像个结婚蛋糕的女人身上——我想象用一些厚背带，将这件蛋糕状衣服固定在她的肩膀上，然后描述她如何站在路中央，跟她的同伴说话。多么愚蠢的想法呀！什么情况下人会穿得像结婚蛋糕一样呢？除非手机商家为了促销产品，找人扮成一部巨大的手机，然后再在外面罩上一件像结

---

① 安妮·迪拉德（Annie Dillard），美国当代女作家。作品《溪畔天问》获普利策奖。

② 谢尔比·富特（Shelby Foote，1916—2005），美国小说家，同时还是研究美国内战的著名历史学家。

③ 弗雷德·查普尔（Fred Chappell），北卡罗来纳大学格林波若校区英语教授，曾获北卡罗来纳州“桂冠诗人”称号。

④ 玛丽·李·塞特尔（Mary Lee Settle，1918—2005），美国作家，曾在1978年凭借《血结》获得美国国家图书奖。同时，她还是笔会/福克纳小说奖的创始人之一。

婚蛋糕的服装。但是让人直接穿得跟蛋糕一样？我真是太没想象力了。为此，我非常生气。后来有一天，当我在写自己的第一本小说时，我突然意识到，“对了，我可以在这里放一块路中央的结婚蛋糕!”那个故事场景至今依然是第一本小说中我最喜欢的一部分。

现在我给学生讲课时，会要求他们想一些有趣、又有点费解的形象。他们把想法写在黑板上，然后投票选出最喜欢的一个，即他们最想写的形象。

2005 年秋天，我在鹿岛的草垛山（Haystack Mountain）工艺学校任教。尽管学校主要是为那些对纺织、陶瓷、木工、珠宝加工之类的工艺感兴趣的学生开办的，但是也有选修的写作课。我发现跟学生们在一起非常开心。因为他们接受的视觉训练，他们对周围的世界已经非常敏感了。

所以，我向你建议，试试草垛山工艺学校学生们自己设计的这个练习。

练 习

从下面形象中选一个，写一则短篇故事：

1. 从天而降的鱼。

2. 草坪上有一块牌子：“诚征太太：有意请进。”

最后声明：第二个形象百分之百是真实的。我班上的一位女士说：“我从班戈开车过来时，总看到那个牌子。”哦，缅因州的乡村真叫人惊喜!

自板实验 Katherine A. Vaz

Katherine A. Vaz，主讲哈佛大学“布里格斯-科普兰（Briggs-Copeland）讲座”小说系列。她出版了两部小说 *Saudade* 和 *Mariana*，其中 *Mariana* 被美国国会图书馆选为 1998 年全球 30 本最佳小说之一。她的故事集 *Fado & Other Stories* 获得 1997 年德鲁海因兹文学奖（Drue Heinz Literature Prize），而她的短篇小说刊登在超过 36 本文学杂志上。她是第一位作品被国会图书馆西班牙馆收录的美籍葡萄牙人。

我的学生都认为，小说创作艺术的主要问题是注意力和精神集中，而时间管理的问题倒不是很严重——也许我们都写得太多、太快了。我们把注意力集中在构思上，而不是在创作这些虚构的王国上，事实上，读者看小说时根本离不开这些。阅读一本仅仅是写得不错、甚至是引人入胜的书，和一本让你沉迷其中、爱不释手，而且能够改变世界的声音、颜色和意义的书，我们都知道这两者的区别。我在哈佛的一些学生对我说过他们的苦恼：他们的写作在分析上挖掘得过多——他们的人物匆匆忙忙，甚至十分敏感，总在观察身边所有能触及的事物。

一个可能产生这种情况的原因是：我们的大脑里经常有一团迷雾，一张长长的明细表或是存货单——什么课堂作业需要做，去参加一个特殊场合要买什么鞋，需不需要买咖啡。如何清除这团迷雾，得到铸就创造力的旋律与声音呢？

对于这个问题，我总是从西蒙娜·韦依[①]和弗兰茨·卡夫卡[②]的建议中得到忠告和安慰：进入无声无息中默默地等待。不要去捕捉第一个出现的词或想法。一直等下去，直到你清楚地意识到，你碰到了棘手的事情，面临着残酷的真相，到达了人物会告诉你前因后果或让你大吃一惊的地方。一直等下去，直到你对自己觉得无能为力，或困惑迷茫，或神秘莫测的原因想出应对方法为止，或是像诗人费尔南多·佩索阿[③]所说的那样，等到你发现自己总是惊诧不已。

不要去捕捉第一个出现的词或想法。一直等下去，直到你清楚地意识到，你碰到了棘手的事情，面临着残酷的真相，到达了人物会告诉你前因后果或让你大吃一惊的地方。

练 习

第一步

用整整 24 个小时来静默等待（如果可以的话，一个周末也可以）。不要读书，不要看电视，不要翻杂志。别让你的脑子一团糟。避免繁忙的工作。有些人受疯狂的欲望驱使，宁愿打扫屋子、整理文件、做饭烧菜，也不愿跟自己的思想和心灵独处一会儿。注意你有做什么的冲动，然后再回到冷静、平和与无为的状态中。你不用发誓要完全安静，也不用躺在一间黑屋子里。可以去和你的室友聊天，或是听听音乐，但不要睡觉，在做这个实验时必须保持清醒。出去走走，或去游泳，但不能以此为借口而不去活动、看风景或购物。

---

① 西蒙娜·韦依（Simone Weil，1909—1943），法国哲学家、基督教神学家。

② 弗兰兹·卡夫卡（Franz Kafka，1883—1924），奥地利小说家。代表作《变形记》。

③ 费尔南多·佩索阿（Fernando Pessoa，1888—1935），葡萄牙诗人。

第二步

尽管你必须克制自己不去构思情节或编写故事，但你可以把任何想到的东西写下来——形象、回忆、零碎古怪的讲话、抽象好奇的想法等。

第三步

有些学生说他们“要做的事太多”，无法完成这个练习。我告诉他们，把这个练习看成家庭作业，要用一天来完成。

结果可能会让你吃惊。学生们注意到当他们遇到害怕的事物时，他们会后退和放弃。举一个简单的例子，一个学生因为想到毕业后找不到工作而感到害怕恐慌，因此，练习刚开始一小时，她就放弃了。但有时练习中产生的形象让人印象深刻。一个学生说他看到他的朋友们带着不同的表情，缓慢地走在大街上，与他擦肩而过。

这就通向了下一步练习。

第四步

自由联想这些形象可能有的含义。你可能会抓住最表层的意思：它的情感根源是什么？它能为你的小说提供一些真相的来源吗？那个想到“朋友们带着不同的表情”的学生说这个形象对他毫无意义，直到我们谈了之后他才意识到，他有大量的语言和意象想要表达。

另一个学生说，她脑海中总是有鸟浮现。她出去散步时，惊讶地注意到有很多鸟群。几个月后，她意识到，她在写祖母时，总是带着仇根（的确如此）；但她还记得祖母曾养过金丝雀，这是她带有怜悯之心做过的一件事。这位作家能够进入她祖母的内心世界，将她塑造成一个狂暴的、深不可测的，但又能为他人着想的角色。奇怪的是，当她在课堂上讲这件事时，突然有许多鸟儿飞到窗台上，啁啾而鸣。

你们中有些人可能记得，“空间项目”做过一次实验，要观察大脑对缺乏刺激物和在隔离状态下作出的反应。他们原以为大脑会是一块白板，等着信息的输入。但经过实验，他们发现，音乐模式，还有引起欲望、语言和意象的幻景，以及我们努力挖掘的真相，似乎都是在大脑内部产生的。

看看你脑子里会涌现出什么：图像和声音，或者完全属于你自己的一种旋律的音符等等。

引用卡夫卡的一句话：“依旧坐在桌边，用心聆听。你甚至不用听，只要等待。甚至不用等待，只要学会安静、静止和孤独。世界就会无拘无束地把它真实的面目呈现在你的眼前。它别无选择，它会匍匐在你的脚下欣喜若狂。”

依旧坐在桌边，用心聆听。你甚至不用听，只要等待。甚至不用等待，只要学会安静、静止和孤独。世界就会无拘无束地把它真实的面目呈现在你的眼前。它别无选择，它会匍匐在你的脚下欣喜若狂。

拼　贴 Karen Brennan

Karen Brennan，出版过两部小说集：*The Garden in Which I Walk* 和 *Wild Desire*［这部作品曾获联合写作协会奖（Associated Writing Program Award)］。她还写了一本回忆录 *Being with Rachel*，两本诗歌集 *Here on Earth* 和 *The Real Enough World*。她是犹他大学的教授，同时也任教于沃伦威尔学院创意写作硕士项目。

练　习

接下来的练习适合所有类型的创意写作：小说、诗歌和回忆录等。

要做出拼贴，你必须用到下面一些片段：

1. 个人的回忆（或梦境）

2. 一则当下的新闻报道或文化事件

3. 一段对大自然的详细描述

将这些片段交替使用，一段一段地写，直到合成一个故事，或一首诗，或一篇非虚构作品。

不要担心这些片段如何才能产生关联，你在拼贴上花的时间越长，片段就越是能自己建立联系。在你写作一开始，会有一种互不相连的感觉，但随着你不断地写下去，这种感觉就会消失。

最好把作品写成一段一段隔开的形式，这样能帮助读者理解你拼贴的意思。也就是说，你能提示读者这是一个拼贴的作品，而不是一段有情节可循的直接描述。你也可以给这些段落标上号码，甚至给它们加上标题。

对于一个更具“后现代”特性的作品而言，你可以选择使片段互不关联，让它们之间没有太直接的联系。

将这些片段交替使用，一段一段地写，直到合成一个故事，或一首诗，或一篇非虚构作品。

而对于一个稍微传统的叙事而言，你可以有意使片段之间产生过渡。

确保你按照一定的顺序轮换使用这些片段，这样会帮助读者理解你的作品。

当你“觉得”写完了，那就算写完了。这个练习要求你完全服从直觉，把你的控制欲丢在一边。

五种感觉 Dan Wakefield

Dan Wakefield，小说家、新闻记者、剧本作家。他的作品包括 *Returning：A Spiritual Journey*，*Releasing the Creative Spirit* 和 *New York in the Fifties*。

这个练习最开始是“精神自传”和“释放创造的灵魂”的一部分。我的这两个工作室在教堂、犹太教会堂、成人教育中心、医院、健康疗养院、大学和监狱都开办过。每个人都有感官体验方面的记忆——味觉、嗅觉、触觉、听觉、视觉——它们会唤醒并激发我们生活中经历的故事。在佛罗里达国际大学（迈阿密）的创意写作硕士项目中，我将这些练习用于指导研究生写作工作室。

除了我自己的写作，不管是小说还是回忆录，没有什么能比带着大家进行这种练习更让我快乐的了。这个练习以人的五种感觉为基础。别人的每次体验都会触发你自己生活中的一段回忆，而这段回忆可能已经被你忘却，或被封存在某个隐蔽的密室里。也许你只是听到别人说起“苹果酱的味道”、“摸到灯芯绒的感觉”、“炸培根的味道”、“日落的景象”和“雨声”，就可能打开那个隐蔽的密室，让你想起那些有意义的记忆和故事。

在我年轻的时候，我相信一个广为流传的神话，即创造性的灵感，尤其是写作的灵感，来自酒精和毒品。当有了这种痛苦经历并发现事实并非如此时，我就寻找别的方法去刺激创作灵感。美国的伟大作家薇拉·凯瑟[1]在一篇小说中提到了关于奇迹的定义，她写道："奇迹……对我而言，似乎不是基于遥远的脸庞、声音或是治愈力量，而是基于我们自己的那些变得更为敏锐的感觉，因此片刻之间我们能看见、能听见那些一直存在的关于我们自己的事物和声音。"在这个定义中，我找到了刺激灵感的钥匙。

练　习

我认识到，可以运用我们的五种感觉来激发我们自己的故事。我已经在写作课上检验了这个理论，发现的确如此——运用我们习以为常的、天生感觉中的一种，如味觉、嗅觉或听觉，就会有故事在我们的头脑中形成。

奇迹……对我而言，似乎不是基于遥远的脸庞、声音或是治愈力量，而是基于我们自己的那些变得更为敏锐的感觉，因此片刻之间我们能看见、能听见那些一直存在的关于我们自己的事物和声音。

例如，通过味觉激发的方式——你不需要真的去吃什么东西，只需要想象某种东西的味道——就能创造出故事。有一次，我只是跟一群工厂的工人提到培根的味道，他们其中的一个人受到启发，写了一个感人的故事，并把这个故事读给大家听。故事的中心内容讲的是一个孩子，当他醒来闻到炸培根的味道，他就知道这一天全家人会过得很愉快；如果他醒来没有闻到炸培根的味道，这意味着他的父母前一天晚上喝酒过多，宿醉昏昏，这一天家里也就不会有什么愉快的事了。

下面是一张普通食物味道的清单，也许能拨动你脑子中的一段记忆或回想到某个场景：

苹果酱的味道
爆米花的味道

---

① 薇拉·凯瑟（Willa Cather，1873—1947），美国小说家。著名作品有长篇小说《啊，拓荒者!》、《云雀之歌》、《我的安东尼娅》、《我们中的一个》、《精灵花园》等。

咖啡的味道

巧克力的味道

热狗的味道

不管哪一种味道，都会让你心有所感。接下来用十分钟的时间，写下你由这种味道所联想到的一切。写作的方式就像要把你记得的一切都告诉你的朋友一样。写完后不要去编订校对或批评指责，就让故事自然流淌。

故事蕴涵在味道之中。

故事诞生在一小时之内 Crystal Wilkinson

Crystal Wilkinson，在布卢明顿的印第安纳大学任教，为创意写作研究生讲授创意写作和文学课。她的小说 *Water Street* 获英国金橙奖（Orange Prize）和赫斯顿/怀特奖（Hurston/Wright Legacy Award）。*Blackberries*，*Blackberries* 获 2002 年阿巴拉契亚山脉地区文学查芬奖（Chaffin Award for Appalachian Literature），她的其他作品刊登在各种文学期刊和选集中，包括 *Southern Exposure*，*LIT*，*ObsidianII*，《印第安纳评论》（*Indiana Reviews*），*Gumbo*：*Stories by Black Writers*，*Confronting Appalachian Stereotypes*，*Home and Beyond*：*A Half-Century of Short Stories by Kentucky Writers* 和 *Gifts from Our Grandmothers*。

创作一本小说就像生孩子：都是关于创造一个生命，为这个生命注入性格，并将其置于真实情况之下的行为。作为小说家，就是理解我们所知道的、关于这个世界运行的一切，并且把这种理解用另一种形式表达出来。当我们创造一个人物时，我们用的是另一个人的声音、身体和大脑。去解释一个我们不完全了解的人的活动、行为和心理历史，这正是小说的艺术。

这个练习由几个部分组成，要花一小时做完。但也可以分几天来完成。

练　习

第一步：声音

出生后，我们的第一个交流方式就是口头表达，所以我们从声音开始。

创作一本小说就像生孩子：都是关于创造一个生命，为这个生命注入性格，并将其置于真实情况之下的行为。

想象有两个人进行对话。可能他们在谈论另外一个人。他们中有一个人可能有困难。只写对话。重点只放在创作对话上。

例：

甲：我今天觉得不舒服。

乙：是吗？你怎么了？

甲：我头疼。

乙：我跟你讲了昨晚鲍勃说的话了吗？

把对话一直写下去，直到写满两页。

第二步：你的人物所处的位置

作为小说家，就是理解我们所知道的、关于这个世界运行的一切，并且把这种理解用另一种形式表达出来。

想象对话发生的地点。描述这个地方，并写上尽可能多的细节。那里有什么东西？它带来什么感觉？天气怎么样？有没有气味？声音呢？

第三步：你是谁？

选择一个人物作为重点，然后回答下面的问题。每一个答案都让你更清楚地了解你创造的这个人物。尽量不要反复思考答案，而要尽可能快地浏览一遍下面的问题，不要停下来判断。要立刻诚实地回答问题。

当我们创造一个人物时，我们用的是另一个人的声音、身体和大脑。去解释一个我们不完全了解的人的活动、行为和心理历史，这正是小说的艺术。

1. 对你的人物从头到脚进行外表描述。
2. 你的人物有什么重要的人际关系？为什么重要？
3. 你的人物是做什么的？职业？消遣？
4. 你的人物最害怕的是什么？
5. 你的人物想要什么？

你也可以在这个列表上再添加问题。

第四步：创造场景

小说的创作不就像生孩子吗？你已经花了时间和精力，

把它生了下来。现在它想要行动，需要场景。而这正是我们要人物去做、去表现的事情。小说由行为和反应组成。

现在应该把你所有的发现都放进来起作用了。写出你小说中可能有不同故事发生的三个不同场景。这些场景不一定按照时间顺序排列。每个场景至少写一至两页。确保你写的场景有头有尾，“有事”发生。

场景的简单定义：场景是小说中对真实生活的表现。它将事情速度放慢，置于真实时间之中，让读者能看到事情的发生。一个场景通常应该包括对话和你上面做过的那几件事：环境的描述，人物的感受和想法、手势、行为，叙述者或是作者的观察。一个场景发生在一个地点。

场景 1：对话之前

想象在对话之前你的人物生活中的一个时间，或者他们的问题产生之前的一个时间。这个时间可以是他们同别的人物谈话之前的那一刻，也可以是很久之前。但必须是在谈话之前。现在试试看。尽量写下来到目前为止你所知道的这些人物的所有事情。思考他们的过去（如果你选择从那个地方开始写）可以帮助你描写他们现在正经历的问题。

场景 2：在谈话中

写一个谈话正在进行中的场景。你会大量使用前面写的对话部分。包括环境描述；包括你的人物可能接触到的室内物品的描述。他们用什么手势？他们说话带口音吗？对话被打断了吗？被谁？因为什么？在谈话时，你的人物走神了吗？他在想什么？

场景 3：对话之后

这个场景发生在对话之后，里面要包含尽可能多的、你认为有必要的情景。但一定要有下面的事件之一：

1. 人物的问题已经解决了；

2. 你的人物觉得这个问题还要持续一段时间，所以他们必须学会处理它。

在这个场景的练习中，要想想有什么变化发生，想想你的人物在生活中、在此刻有什么想法。

目的

如果你认为一个故事要有开头、经过和结尾，那么你写的这三个场景就可以模仿这样的故事结构。练习做到这里，你眼前应该浮现出一个故事框架，一个至少够你写三页纸的故事。在写作过程中，你可能发现，故事需要用到其中的一个场景，或在另一个地方重新展开。

这样做的目的是在很短的时间内，概括出可供创作一个故事的许多背景。这个练习逼着你对一个故事构思所产生的多种可能性作出抉择。这是一种让你很快地投入一个故事之中的有趣的办法，这要比按时间顺序甚至逻辑顺序去形成你的决定有趣。它使你跳出思考状态，而让你下笔写作。

超现实主义练习，或者在匣子之外的思考

Laurie Foos

Laurie Foos，著有小说 *Ex Utero*，*Portrait of the Walrus by a Young Artist*，*Twinship*，*Bingo Under the Crucifix* 和 *Before Elvis There Was Nothing*。现在任教于马萨诸塞州剑桥的莱斯利大学，教授创意写作硕士项目的非住校学生。

我相信，任何一个作家的成长都必须由两部分组成。第一，作家要具备沟通自己的无意识的能力；第二，作家要愿意冒险。每一位作家都有自己的品位和癖好，自然，他们对于超现实主义可能喜欢，也可能不喜欢；可能有研究它的冲动，也可能没有。总的来说，这个练习的重要性在于它可以使作家“在匣子之外思考”，可以将他带入不熟悉或感到不自在的领域里。

作为一名作家，我总是向我的学生强调，非常有必要走出自己觉得舒服的领域，去尝试新事物。冒险让我们成长为作家。时不时地寻找乐趣也很重要，这是我的另一个信条。这个练习就是为了乐趣而设计的。

设计这个练习是要打破我们所知道的现实主义小说的界限，让作者从第一行就向外拓展那些界限。这个练习的理念主要来自卡夫卡的《变形记》，和他非常著名的小说第一行——“格雷戈尔·萨姆沙从噩梦中醒来，发现自己变成了一只巨大的虫子”。

这个练习可以和同伴结成小组一起完成，也可以独自完

第一，作家要具备沟通自己的无意识的能力；第二，作家要愿意冒险。

成。如果你是一个人做这个练习，要确保按照这里写的练习步骤进行，不能作弊或提前阅读。你甚至可以用一张纸或用自己的手盖住**第二步**。

这个练习的想法是让你的小说从中间开始写，并将你带入你以前从未进入的领域。对前一行的目的地思考得太多就会推翻超现实主义小说的指导思想。也就是说，必须让无意识充分发挥作用，引导写作。

练　习

第一步

如果你是一个小组在一起做练习，让你右边的人（或左边的人，看你自己喜好）写下三个词。重要的是这三个词必须写得**快**，而不要考虑接下来会怎么样：

1. 任何表示正在进行的动作的动词。
2. 身体的一个部分。
3. 一个无生命的物体。

（如果你独自做这个练习，**就尽可能快地**写下这三个词——再次说明，不能提前阅读！）

第二步

把第一步写下的词放到下面的提示语中：

> 经过一天的“正在进行的动词”，一个人发现自己“身体的一部分”已经变成了“一个无生命的物体”。

开始写吧！

克服枯竭期 Leslie Schwartz

Leslie Schwartz，出版有作品 *Angels Crest*，该书被《洛杉矶时报》评为畅销书之一，并被译成九种文字。她的第一本小说 *Jumping the Green* 获得了詹姆斯·乔伊斯文学协会（James Joyce Literary Society）的“最佳新人作品”奖。她创作有无以计数的短篇小说，而她的非虚构作品也刊登在美国的各大报纸和杂志上。2004 年，她还被《卡利俄珀杂志》(*Kalliope Magazine*) 评为“年度女作家”。Schwartz 在加利福尼亚大学洛杉矶分校的作家函授班和艾奥瓦大学的夏季写作节教写作课。她还是纽约文学杂志印刷品委员会（Council of Literary Magazines and Presses）的文学报告员、美国国际笔会的董事会成员，并且是其中“新兴的声音”(Emerging Voices) 项目总监。

我从不相信作家创作停滞这种说法。就这个说法本身就带有欺骗性。任何时候当我们给什么事加标签命名时，它就真成那样了，似乎不需要我们作家表现得更神经质，因为我们已经够神经的了！但是，在我自己的写作中，确实有些时候我好像就是无法集中精神写作。要么是写不出来；要么就是写出来了，写出来的文字也好像满是怀疑和担心。尽管这种情况不常发生，但一旦发生，我就把它当做是提醒我该休息的信号。

记得在我第二本小说出版后几天，我看着自己正在写的小说，心里想“我写不下去了”。对出版的恐惧和随之而来的奇怪的沮丧感交织在一起，再加上小说进展不顺利，我对里面人物的真实性又产生了怀疑，都使我想要完全放弃写作了。那天，当我坐在那儿，盯着空空的电脑屏幕时，我的经纪人正好给我打来了电话。于是我告诉他，我对自己正在写的这个小说感觉有多么糟糕。他让我休息一天。“带你女儿去海滩，”他说，“第二天回来再写。”

这是我听到的最好的建议，而采用这个建议使整个世界大有不同。

治愈沮丧的唯一方法就是：向沮丧让步。关上电脑，去看一场电影……

有时候，能够治愈那些作家沮丧的唯一方法就是，向沮丧让步。关上电脑，去看一场电影，将写作抛在脑后。但在其他时候，这样做是绝对错误的。制造借口不去写，和确实需要一两天的缓解，这之间的差别你心里清楚。

练　习

下面是一些我喜欢的练习，能帮助重新启动无精打采停滞不前的写作期。

第一步

把那些如果没卡壳你可能会去写的东西写下来。

第二步

把你书中的一至两个人物安排在一个被卡住的电梯里，电梯里同时还有：

你的母亲
魔鬼
上帝
你自己……

让这些人物都活动起来，不要加任何评论。

第三步

在你坐下来写作之前，独自到一个安静的地方散散步，想想故事接下来的场景。永远不要脑袋空空地坐到电脑前。永远不要在你不知道故事接下来会怎么发展的情况下就开始写作。

第四步

把你的写作分成许多小的片段进行。E. L. 多克托罗曾说过:“写小说就像是在晚上开车一样。你只能看到你的车灯照亮的范围，但是你仍可以开完全程。”不要为结局而烦恼，甚至连下一个场景也不要去烦恼。所有的书都是一个字一个字写出来的。

第五步

设定最后期限对有些人管用，而对有些人就不起作用。如果你在限定时间内写作效果好，那就设定一个期限，但是要记住合理地设置那个期限。没有什么能比未能按时完工的副作用更大了，它会让人更加沮丧。

我给自己设置的是时间的限定，而不是页数的限定。每天我根据当天的日程安排，抽出一定的时间进行写作。有时是一个半小时，有时是三个小时。但不管多久，我都会严格遵守。这是一种达成目标的方式，而且不用担心我已经写了多少页。

第六步

找一些信得过的、而且能够提出有说服力的批评意见和支持你的作家，大家在一起写作。有时候，只是和别的作家谈谈你遇到的问题就会对你有帮助。

第七步

最后，让你的写作符合你的预期。不要太过严肃地看待你的写作。我认识上的最大的一个突破就是：我不可能用作品改变世界，我只是在为自己写作，而且可能只有我一个人会被文学创作的过程感动或受到影响。一旦认识到这一点，我就知道，再把创作过程看得无比重要是多么愚蠢。

我不可能用作品改变世界，我只是在为自己写作，而且可能只有我一个人会被文学创作的过程感动或受到影响。

记住，写作是个艰苦的工作，但是它也应该自得其乐！

实地旅行 Virgil Suarez

Virgil Suarez，最近的一部作品是 *90 Miles：Selected and New Poems*。他给本宁顿学院创意写作硕士项目的非住校生上课，还是佛罗里达州立大学的终身教授，讲授创意写作。他的作品有四部小说、两部回忆录、两本故事集以及 80 篇诗歌集（其中包括 *Banyan*，*Palm Crows*，*Guide to the Blue Tongue*）。他还编辑了八本文选集。Suarez 住在迈阿密城，他对这个城市十分喜爱。这里有很多宏伟庄严的公墓。

这个练习，尽管和我所说的“离水之鱼”，以及戴安·蒂尔在她的《敞开的路》中提到的“单纯视角”很相似，但是我认为它是一种实地旅行。这个练习的目的是到一个地方旅行。这个地方距离不太远，但是能给你，即作家，带来情感上的冲击。

我认为，我写过的最好的一些作品都来自于我探索了以前从未到过的边界。沿着这个思路，我去过医院、律师办公室、机械车间，当然还有停尸房、公墓，到这些地方去，我都觉得能产生好的作品。“实地旅行”就是这样的一次远足。

这个练习的想法就是去一些能让你的感情得到升华的地方。我认为公墓就是这样的地方。每个学期，我都会带参加诗歌工作室的那些本科生到塔拉哈西当地的公墓去，那个公墓就在我们校园旁边，里面埋葬着许多故去的名人。

为什么要去公墓呢？因为要讨论和描写死亡，以及那些与死亡始终相关的话题，这是个不错的地方。要谈论浪漫主义和像埃德加·爱伦·坡[①]这样的作家，这是个了不起的场所。

练 习

虽然有些学生觉得这个练习有点恐怖，但是，它的目的是描写“死亡”，与死亡、行将就死相关的话题，以及死亡带来的感受。有时候，我要求学生写一封来自遥不可及的过去的信，重点放在时间的流逝和任何能产生声音的事物上。如果有什么能让学生们回味，他们总是首先提到“实地旅行”的作业，这让我很开心。

这个练习有多种可能性，包括分体裁写作和按照在一个地方观察的真实情况进行写作等。感情反应可能来自于开始说话的一些声音。它对心灵的冲击远远大于对智力的影响。通常在开始的时候它有点吓人，然后通过回忆，会慢慢变得明朗。回忆就像催化剂，它让我们捕捉到的声音变得明朗。

最好的作品都来自于我探索了以前从未到过的边界。

我们知道，通常不必到远处旅行才能写出有意思的作品，但当我们渴求新的事物，需要有所突破时，我们可以徒步穿过墓地，亲身体验一下时间的流逝。

作家不需要做太多，只要有感受力，能够有安静的地方可去就行了。而公墓就能提供心灵可以承受的所有的宁静。

---

① 埃德加·爱伦·坡（Edgar Allan Poe，1809—1849），美国诗人、小说家和文学评论家。

压缩种子想法 David Michael Kaplan

David Michael Kaplan，他的作品包括短篇小说集 *Comfort*，小说 *Skating in the Dark* 和 *Revision: A Creative Approach to Writing and Rewriting Fiction*。他的短篇小说刊登在《大西洋月刊》、《花花公子》（*Playboy*）、《红皮书月刊》（*Redbook*）、《三季刊》（*TriQuarterly*）、《双翻》、*ACM*、《短篇小说季刊》（*Story Quarterly*）以及其他各类文学杂志上。他的作品被选入《美国最佳短篇小说选》、《欧·亨利奖作品选》（*The O. Henry Prize Stories*）、《斯克里布纳当代短篇小说选集》（*The Scribner Anthology of Contemporary Short Fiction*）等文集中。他还获得 1999 年内尔森·阿尔格兰短篇小说奖（Nelson Algren Short Story Award）。现在芝加哥的洛约拉大学教小说创作。

短篇故事和长篇小说都开始于被我称之为“种子想法”的东西。它可以是一个形象、一个概念或一段经历，不管多么微不足道，它都能使你的想象力得到充分发挥，进而把这个想法变成一个更为丰满的、有血有肉的故事情节。对于福克纳[①]来说，看到荡秋千的小女孩露出带泥点的内裤就是小说《喧嚣与骚动》的种子想法；而对你来说，种子想法可能来自于公交车上无意中听到有人说昨晚他的女友把他眼镜片打破了，或者看到一本杂志上一个人正骑着马，艰难地行走在大雪之中。

你要反复思考这个种子想法：这个人是谁？他要去哪里？他从哪里来？他发生了什么事？接下来会发生什么事？他的世界中还有谁？这个故事中还有谁？

---

① 威廉·福克纳（William Faulkner，1897—1962）：美国小说家。1949 年获诺贝尔文学奖。

要做笔记，想象人物，画出可能的场景，因为你是在努力将这个种子想法发展为一个新颖、令人激动、感情强烈的故事情节。

下面这个练习解释了一种能帮你展开故事情节的技巧。

练　习

首先，选出三个“种子想法”，不管是你偶然听到的、看到的、别人告诉你的还是你亲身经历的，什么都可以，只要你觉得它可以作为小说中的一个人物或一个冲突的起点。这些种子想法必须简短，通常一个短语或是一句话就足够了，但是要明确、具体，不能模糊、抽象。不是像“某人进退两难”或“一个女子为逝去的爱情日渐憔悴”，因为这两个都很难启发想象力。一个种子想法更应该像这样：

> 一位老人坐在高架铁轨上，来回摇晃，自言自语……
>
> 一个小男孩看到有人正从传递着的收钱盘中偷一美元……
>
> 一名女子对着电话那头说：“现在做什么都没用了。结束了。完了。我今天晚上就离开镇子……”

这个人是谁？他要去哪里？他从哪里来？他发生了什么事？接下来会发生什么事？他的世界中还有谁？这个故事中还有谁？

你有三个种子想法了吗？它们都各不相同，能找到吗？

现在挑一个你最感兴趣的，花大约 15 分钟，以草稿或笔记的形式把这个想法写成一个故事情节。在这 15 分钟内写尽可能多的内容，至少要写明主要人物是谁，故事发生在哪里，什么时候，冲突是什么，可能还要写点发生的事情。不要担心写得好不好，只要去写就行。记住：你不是在写故事，只是打草稿，只是将 15 分钟内能想到的东西写下来。

现在从剩下的两个种子想法中挑一个出来，把它融入你已经写好的故事情节中。就好像把它压缩，然后放进第一个里，让两者互相作用。为了做到这一点，这两个种子想法，以及正发展着的故事情节可能需要做出改变（或者只改变其中任何一个也可以）。这样就形成了第二个故事情节：这个后来形成的情节巧妙进入你一直在描述的第一个情节之中。这种改变没有什么关系，因为它通常会引出一个修改后的新情节，而这一情节会比你第一次写的那个更有趣。接着，再用15分钟，对这个修改后的情节进行简要描述。

以上面的种子想法为例。你可能第一个写的是关于一个小男孩看到有人从钱盘中偷钱的故事。现在试着把一个完全不相关的想法压缩置入这个故事里。比如，一个女人绝望地对着电话说她不得不离开镇子。要使这两个想法合二为一，你可能要把这个故事改为：一个女人挪用公司的零散现金，害怕被抓而准备采取措施。她急切地想弄清楚接下来该怎么办，于是她给朋友打电话，承认了自己做的事，并说自己没有别的出路只能逃跑……原来第一个想法中的那个小男孩就被忽略了，而那个偷钱的男人换成了一个挪用公款的女人。由此，把两个完全不同的想法压缩在一起就产生了一个全新的故事情节，通常这个新的故事要比第一个更新颖、更刺激。

现在，再用15分钟把第三个种子想法压缩进来。可能会成功，也可能不成功，但是值得一试。同样，压缩的时候原本的故事可能发生改变。继续之前的例子：你可能突然意识到那个坐在高架铁轨上来回晃荡的老人可以变成那个盗用公款的女人，这样，故事的最后一幕也就有了。那个女人最后绝望了，周围的一切都向她逼近，最后的结局是她没有逃跑，而是坐在高架铁轨上，来回晃荡，难以脱身。

创造力的一个基本方面就是把看上去不同、似乎毫无关联，也毫无可能会产生关联的事情联系在一起。

创造力的一个基本方面就是把看上去不同、似乎毫无关联，也毫无可能会产生关联的事情联系在一起。天才可能不知不觉地就能把它们联系起来，而我们这些不是天才的人也许就需要“启动”这个练习过程。不单是这个练习，只要是我们在构思故事情节时，我们都可以用这个方法，但不一定局限于 15 分钟或是三个种子想法。

如果你在日记或笔记本上忠实地记下你的每一个种子想法，你很快就会发现这将是宝贵的财富。试着把不同的想法压缩置入任何你正在写的故事之中。需要多长时间就用多长时间。当然有一些想法不会奏效，但是可以保证总有一些想法会起作用。还可以保证，这样做会让你产生一些独具创造性而又令人惊叹的想法。

写作经验：一张处方 Kathleen Spivack

Kathleen Spivack，出版过六本诗集：*The Break-Up Variations*，*The Beds We Lie in*（曾获普利策奖提名），*The Honeymoon*，*Swimmer in the Spreading Dawn*，*The Jane Poems* 和 *Flying Inland*。她还写过一本小说 *Unspeakable Things*，和一本回忆录 *Robert Lowell*，*A Personal Memoir*。她最近的作品刊登在《马萨诸塞评论》（*The Massachusetts Review*）和《弗吉尼亚评论季刊》（*The Virginia Quarterly Review*）上。刊登过她的作品的出版物还包括《纽约客》、《犁头》、《大西洋月刊》、《诗歌》（*Poetry*）、《巴黎评论》、《凯尼恩评论》（*The Kenyon Review*）、《阿格尼》和《新文学》（*New Letters*）。从 1990 年起，Spivack 就在法国做全职或兼职教师。她还在巴黎第七大学、巴黎第八大学、都尔大学、凡尔赛大学以及巴黎高等理工学院担任客座教授。1993—1994 年间，她还在法国担任创意写作的"富布莱特"教授。曾获多项基金会奖项，包括：美国国家艺术基金会、马萨诸塞州艺术家基金会（Massachusetts Artists Foundation）、本丁学院、霍华德基金会（Howard Fundation），还有马萨诸塞州艺术与人文委员会（Massachusetts Council for the Arts and Humanities）。在波士顿和巴黎，Spivack 给"高级写作工作室"做写作指导，这是个专业作家的强化训练班。

成分和准备工作

睡觉之前，拿起闹钟，把闹铃设置得比你平时起床时间早两小时。

睡着了。或者没有睡着。但是不管怎样，闹钟一响就起床。

手里拿一杯咖啡，或茶，或其他能让你放松的东西。现在立即走到你的书桌旁。坐下。睡眼蒙眬。打开电脑。

做一个写作方案，大概花两个小时。不要抱怨。

第一步

持续两周都这样做。你的身体可能有发热、疼痛、无精打采的感觉。忽略这些反应。它们都在预料之中。

第二步

持续两个月这样做。持续一年这样做。增加和你这位“施虐狂”相处的时间。服从他。疼痛难忍、想入非非、自我怀疑，这都是典型的症状。继续。病毒已经开始在你身上扎根了。

写吧！用你的余生去写作！

第三步

祝贺你！你现在已经成功被感染了。写吧！用你的余生去写作！

视　角

想讲的故事 Nina de Gramont

Nina de Gramont，文学杂志 *Ecotone* 的小说编辑，出版有短篇小说集 *Of Cats and Men*。她的小说刊登在各种杂志上，包括 *Nerve*，*Post Road*，*The Exquisite Corpse*，*The Cream City Review* 和 *Seventeen*。她在威尔明顿的北卡罗来纳州立大学教创意写作和作文课，住在莱茨维尔海滩。

每个人都有自己想讲的故事。我不是在谈论史诗般的冒险故事，或是严重的越轨行为。我说的是趣闻轶事：为了让别人对我们有所了解的个人故事。它可以是你童年时期的事情，也许你自己不记得了，但总能听到你妈妈一遍遍地对你讲。也可以是你在大学时做的一些傻里傻气或感觉很顺利的事情，抑或是发生在你和你高中最好的朋友身上的稀奇古怪、让人难以置信的事情。如果你有不止一个这样的故事，那很可能你最亲密的人都知道这些事。

我丈夫就有一个他上大学时候颅骨骨折的故事：他为了给一个女孩留下深刻的印象，就从三楼的窗户上荡着树枝往下跳。这个故事我听他讲了很多遍，以至于我都能用他的腔调逐字逐句背出来。

这些都是我们在和人相处的早期阶段会讲的故事，因为当我们第一次见到一个朋友或是爱慕之人时，我们想传达的不仅是我们个人的历史，更是对我们自身的认识。

第一人称叙述需要做的不只是将读者带入事件之中，它更应该是一种多重角度的叙述。阐明某一个人物时，不仅要作家需要创造一个能够概括叙述者的特征的声音。这种概括是叙事者本人无法做到的，至少是无法直接做到的。

通过她自愿讲述的信息，而且要通过她在全神贯注地思考或是表达自己观点时无意间透露的信息。作家需要创造一个能够概括叙述者的特征的声音。这种概括是叙事者本人无法做到的，至少是无法直接做到的。

练　习

想象一个你第一次见到别人时习惯上会讲的故事——一件过去的、或难过或奇怪或有趣的事。确信你已经把这件事告诉过所有熟悉你的人，这应该是一件你讲过无数次的事。

现在把这件事写在纸上。试着以你讲故事的方式去描述它：你在讲的时候会强调哪些词，会说哪些话。它读起来应该像你自己声音的听写记录。

当你读它的时候，找找能暗示你性格的线索。注意从中如何能看出你的幽默感、你的个人困惑和你的主要性格。

接下来，把这件事用于你小说中的某个人物。想象这件事如果发生在她的身上，她会如何感受和经历这件事。将这个故事用第一人称写下来，但这次用的是你小说中人物的声音。

第一人称视角：想象并拥有人物 Maureen McCoy

Maureen McCoy，出版过四本小说 *Junebug*，*Diving Blood*，*Summertime* 和 *Walking after Midnight*。她是康奈尔大学的英语教授，住在新墨西哥州的陶斯。McCoy 最近的短篇小说 *How Tiny Tim Entered the Witness Protection Program* 在《纪元》（*Epoch*）上发表，小说 *Snakes* 被收入选集《摄影师》（*Photographers*）、《作家》（*Writers*），以及《美国风景：旅行见闻》（*American Scene*：*Visions of Passage*）。

很多学写作的学生很自然地会用第一人称写作。但是因为叙述者通常和作者本人只相差了一点点，所以，作者很容易错失用新的声音来发展人物性格的机会。同时，作者和叙述者大量的相似性可能会阻碍故事中其他人物的发展。为了更深入地了解想象的人物，更熟练地运用揭示人物的技巧，我用下面这个第一人称视角练习。

练　习

回想一个冲突，不管多么微小（当然也不能大到生死攸关），必须是与一个比你年长，和你的需求或渴望相对立的人之间产生的冲突。可以是跟父母的争执：关于一件日常琐事，或能否文身，或未经考虑就准备去爬乞力马扎罗山。或者，你可以回想和某个陌生人之间发生的棘手事件。例如：

一个公车司机要求你把你手里的昂贵的拿铁咖啡留在马路边，不允许你拿上车。努力回忆并迅速写下所有你能想到的当时的感情和感官体验。就像你被猛抽了一鞭，又回到那种紧张激烈的冲突中，重新感受当时的公正、困惑、希望和气恼等等。

现在从故事中其他人物的角度，用第一人称描写这个冲突。你这个深度想象的故事或独白将会有一个好的开端，对人物了然于心，能够清晰地展现其行为动机。接着，描述这个人物的方方面面，比如他在语法或用词上的典型特征，他过去的经历，他个人的希望、害怕或梦想等。一旦你改变了那个“我”，所有这些都会形象鲜明、生动逼真地朝你涌来。你会创造出一个由内至外都栩栩如生的人物，因为你已经完全拥有了这个人物，哪怕只是暂时拥有。

餐厅中的角色互换 Clyde Edgerton

Clyde Edgerton，出版过八部小说：*Raney*（已被译成日文），*Walking across Egypt*，*The Floatplane Notebooks*（已被译成德文），*Killer Diller*，*In Memory of Junior*，*Redeye*，*Where Trouble Sleeps* 和 *Lunch at the Piccadilly*。他最新出的书是本非虚构作品 *Solo*：*My Adventures in the Air*。获得的奖项包括古根海姆基金会奖林德赫斯特奖、北卡罗来纳州文学奖和北卡罗来纳州大学教堂山分校教育部门颁发的杰出校友奖。他还曾五次获得《纽约时报》评选的值得关注图书奖。他现在任教于北卡罗来纳州大学的创意写作硕士项目。

在我看来，视角是小说创作中最有趣、但有时又让人很沮丧的一个要素。在我还不清楚作为小说家应该怎么做之前，处理视角的问题对我而言非常轻松。但是，当我对视角了解得更透彻时，我对它的思考也越来越多。

有一点是肯定的：你要写另一个人物的感情和思维，这取决于你是否有进入他或她大脑的魔法。还有一点，作为小说作者，我们不仅需要写自己最好的一面，还要写自己最差的一面。

练　习

下面这个练习是让你从非虚构过渡到虚构，用两个视角来进行训练。

第一步

在你熟悉或非常熟悉的人中，选择一个你最不喜欢的人。

第二步

想象你走进一家自助餐厅吃午饭。里面散坐着一些客人。在角落里独自坐着看报纸的，就是你不喜欢的那个人。用第一人称写下你在取食物和找座位时脑子里的想法。写大概半页纸。

第三步

作为小说作者，不仅需要写自己最好的一面，还要写自己最差的一面。

现在拿出一张白纸，把自己想象成那个你讨厌的人。进入那个人的头脑，写下他或她在看到你进来时的想法。也写大概半页纸。

第四步

跟别人讨论你做这个练习的体会。它简单在哪里？又难在哪里？为什么？

准确处理人物的年龄 Martha Cooley

Martha Cooley，著有两本小说 *The Archivist*（曾在十多个国家出版）和 *Thirty-three Swoons*（曾被翻译成意大利文）。她的短篇小说和散文曾出现在《阿格尼》、《华盛顿广场》（*Washington Square*）和其他刊物上。在纽约花园城的艾德菲大学任英语助理教授，还是佛蒙特州本宁顿大学文学创作研究课程的核心教师之一。她还任教于波士顿大学的创意写作硕士项目。

学习小说写作的学生，通常努力想解决两个与年龄相关的普遍难题：第一，如何在不特意说明或直接表示的情况下，让读者知道人物的年龄。第二，如何保证人物的年龄（不管是直接说明还是间接暗示）真实可信。也就是说，如何借助一些方法使人物年龄变得让人信服，比如通过对人物的外貌、情感、心理和行为的一些恰当有效的**细节描写**，以及（或者）借助于一个符合人物所处年龄的第一人称的声音叙述或讲解。

一个最典型的错误是，无法正确处理孩子的年龄。当然，优秀的作家可以创造任何一个年龄段的孩子，甚至可以创造年龄与性格不符的孩子，这只有在那位作家的小说世界里才行得通。做到这一点的技巧在于：只要确保所有的描写都朝着同一个方向，那么读者就可以不加质疑地接受那个性格独特的孩子的年龄，或者毫不费力就能推断出这个孩子的年龄，而且要让年龄在故事的整个叙述过程中，始终都真实可信。

一个四岁大的女孩为了捉弄十岁的哥哥，想出了一个极其复杂但又很成功的计谋，这可能吗？也许可能。但这只会发生在小说里——我们可以接受小说里某个早慧的女孩做出上面的事情。一个从小生长在城市里的八年级男孩对钱一点兴趣也没有，这可能吗？不可能，除非他父母将他与外界完全隔离。一个孩子吃的零食只有牛奶和全麦饼干，这可能吗？是的，有可能——如果那个孩子从小只吃这些零食，如果我们相信他不愿意或不能够打破童年时的习惯，那就有可能。但是，如果这个孩子总是和爱吃麦当劳的同龄人一块儿玩，而其他孩子也一定会察觉出他这种异常的饮食偏好，并对他加以指点的话，那上面这种情况就不可能了。（当然，除非选择吃牛奶和全麦饼干是作为一种挑衅行为，或者这个孩子就喜欢被人取笑，那就完全有可能了。）但不管什么情况，问题是要让所有显示人物年龄的描写都适应作者所写的故事。只要解决了这个问题，读者就不会产生以下的疑问——“等等，这孩子是十岁吗？难道不是五岁？”“这孩子到底几岁了？”“我怎么可能相信如此聪明的年轻人会说那么糊涂的话？”

练　习

两姐妹正走路上学，一个六岁，一个十三岁。（姐姐每天早上把妹妹送到一年级教室，然后再去自己的八年级教室。）一个她们从未见过的女人朝她们走过来，向她们要钱，然后威胁说如果不给钱，她就要把“她所知道的这两姐妹的事情”全部告诉校长。

由此开始继续往下写，以一个第三人称的全知全能的视角描写一个场景。（即不特别地写某一个人物，而是给三个人物同等的戏份）。在这个场景中，不要直接去写这两个女孩或是这个女人的年龄，留给读者自己去推断。让姐妹俩先回答陌生女人的话，然后等陌生女人走后，再写她们之间的对话。除了对话之外，还要包括三个人物的衣着和姿态的细节描写。

现在以第一人称的视角重新写这个故事，选那个六岁的女孩作为叙述者。然后再以姐姐的视角把故事重写一遍。

在练习过程中，要注意这一场景必须处理的几个基本问题：这些人物的举止和语言跟她们的年龄相符吗？总体上来说，她们的动作、语调和用词跟人物本身协调吗？我们能相信每个人物都符合她的年龄吗？

这些人物的举止和语言跟她们的年龄相符吗？总体上来说，她们的动作、语调和用词跟人物本身协调吗？我们能相信每个人物都符合她的年龄吗？

他们在想什么？视角练习 Paula Morris

Paula Morris，写过两部小说：*Queen of Beauty* 和 *Hibiscus Coast*，都是由新西兰本土的企鹅出版社出版。目前在新奥尔良的土伦大学教授创意写作。

练　习

这个练习包括三个部分，探索视角选择的问题。戴维·洛奇[①]在《小说的艺术》中，将选择视角称之为“大概是小说家要做的最重要的一个决定”。

从杂志、报纸或书上找一张至少有两个人的照片。这张照片可以是历史的，也可以是当代的；可以是摄影师工作室里的一张摆好姿势的集体照，可以是在战争期间或其他重要事件发生时的照片，或者是某个偏远地区拥挤的集市照片。(各种旅游杂志和《国家地理》在这时很有用。)

一旦选好照片，你就可以写三段文字来描述照片中的场景——分别从照片中两个人物的视角和照片之外的第三者的视角来写。这个第三者可以是拍照的那个人，可以是个旁观者，也可以是某个正要离开照片中场景的人。他可以认识照

① 戴维·洛奇（David Lodge），英国著名当代小说家和评论家。

片中的人，也可以对他们一无所知。

以第三人称来叙述。每一段都要集中描写这个人的见闻和感受，还有他对这个地方、这件事和照片中其他人的看法。不要忘了写诸如天气、时间或季节之类的细节——每一个细节都是促使这个人对场景作出反应的因素。想一想每个人物如何体会这个地方和周围的其他人：她是否爱上了照片中的另一个人，他是否痛恨被雨淋湿，她是否在担心生活中的其他事。

这个练习可以用很多不同的方式来完成。学生们可以全部用第一人称来写，或者把第一人称和第三人称结合起来写。他们还可以用第一、第二和第三人称分别来写这三段，探索通过控制叙述视角来影响小说基调和心理距离的方式。学生还可以两人一组，从不同的视角来描述这个场景：由此产生相同或不同的故事，可以揭示出特定视角的特性和差异。

为了这个练习，我从杂志上搜集了很多过去的明信片和叙事绘画。有时我让学生从中选一张，有时我就直接把这些图片分发给他们。我让一些学生把家庭照片带过来，照片里最好有一些他们不熟悉的人，比如他们的曾祖父母等。他们可以用自己的照片作为练习素材，也可以和旁边的同学交换照片来练习。

让学生的思维跳跃于不同人物（照片里的人和照片外的人）之间，能帮助他们发现视角选择的可能性和局限性。还能帮助他们理解视角的支配方式：它以何种方式来表现场景中的背景、人物、行为和感情波动。

第三人称叙述和“心理距离”

Daphne Kalotay

Daphne Kalotay，出版有小说集 *Calamity and Other Stories*。这本小说集中的作品曾被刊登在《密歇根评论季刊》（*Michigan Quarterly Review*）、《密苏里评论》（*The Missouri Review*）、《好管家》、《阿格尼》、《文学评论》（*The Literary Review*）和《草原帆船》。她毕业于波士顿大学的创意写作硕士项目，在佛蒙特州的米德尔伯格大学和波士顿大学教文学和创意写作。Kalotay 现住在马萨诸塞州的布鲁克林。

这个练习是我为高级班的学生设计的，因为它要求细致的阅读和对语言细节的高度重视。它反映了我自己持续的兴趣，即当我们开始在纸上写作的时候，我们作为作家可以获得的那些非常具体的技巧，以及无论有意或无意，我们总是在做出的决定。

当我在教写作的时候，我的目标是确保中等和优等的学生可以在真正理解了第一、第二、第三人称视角之后，花些时间，对叙事角度等一些基本要素做出更有目的的选择。这个练习来源于约翰·加德纳①对“心理距离”的定义，而我喜欢它的地方在于，它让我有时间去探讨第三人称叙述在感情强度上的诸多灵活性。

我自己在写作的时候，总觉得用第三人称写起来更舒

① 约翰·加德纳（John Gardner，1933—1982），美国作家、评论家。

服。而且我发现，很多我喜欢并反复阅读的作者（契诃夫、托尔斯泰）也是特别擅长将第三人称叙述发挥到极致。

我让学生对同一场景、同一群人物写三个不同版本，要从不同的距离进行描写。当他们认识到同一个故事的讲述方式有这么多的可能性时，我总是激动不已。

练　习

学生们通常认为，制造与主人公亲近感的最好方式就是用第一人称写作。同时，当他们用第三人称写时，他们经常忽略很多可用的方法，而这些方法可以改变读者与主人公的亲近或疏远程度，并改变发生在主人公身上所有的事。

下面的练习探索了这一重要方面，约翰·加德纳在《小说的艺术》中将其称为“心理距离”——读者认为的、自己与故事情节之间的距离。他给出了下面的例子来表现第三人称叙述在制造这种亲近感或疏远感时的多种可能性。

1. 1983年的冬天，一个身材高大的男人走出屋子。
2. 亨利·沃伯顿从不在意暴风雪。
3. 亨利痛恨暴风雪。
4. 天哪，他是多么痛恨这该死的暴风雪啊！

花些时间去检查上面每句话中控制心理距离的因素。在第一个例子中，我们远远地看着那个不知姓名的人，对他的任何想法和情绪一无所知。在这句话中，这种传统的结构本身就有所保留。在第二个例子中，因为有了更多的口头用语（“从不在意”），还能听到他对暴风雪的感觉，我们与主人公已经足够近了。但是这个人物用的是全名这种正式的方式介绍给我们的。在第三个例子中，我们只称呼主人公的名字，这就让我们与他更亲近，而且我们听到的他对雪的感觉也比较随意，没有那么文绉绉。而到了第四个例子时，我们实际

当学生们认识到同一个故事的讲述方式有这么多的可能性时，我总是激动不已。

上已经与主人公息息相通，听到了他自己的语言，跟他亲近得连他的名字都不需要知道——也不再需要压抑他表达自我的方式。

现在来看一些令我们钦佩的、用第三人称叙述的作品，研究一下其中正式与非正式的用语，传统与非传统的句子结构，思维与行动之间的对比。要注意这些技巧是如何从第一句话就开始运用于作品之中的。在弗兰纳里·奥康纳①的小说中可以找到关于距离的极好的例子——不管思想上多么亲近，语言上总是小心翼翼地保持着一定的距离（“祖母不想去佛罗里达州……”）。同样精彩的、关于亲近的例子在弗吉尼亚·伍尔芙②的小说中也可以找到（读一读《达洛维夫人》中的第一段）。注意到作者是如何调整距离的，就像菲茨杰拉德③在《伯妮斯剪发》里的开头一样：故事从一个远距离的角度开始，然后慢慢拉近，就像相机的镜头一样，最后让我们与人物近距离地面对面。

现在回过头去看看你自己正在写的作品，再把开头一段以第三人称重新写三遍，每一遍都用一个不同的心理距离写：第一遍以亲近的距离写，直接用人物自己的话；第二遍以遥远的距离写，就好像我们从一架缓慢飞行的直升机上观看一样；最后一遍是最难的——以介于前两者之间的距离来写。（可能我们知道人物脑子里的想法，但是言辞过于正式，使我们无法接近他；反之亦然。）

能够控制心理距离的改变——维持某一独特的亲近距离——是我们可用的最有效的技巧之一。它确实是一种挑

---

① 弗兰纳里·奥康纳（Flannery O'Connor，1925—1964），当代美国南方女作家。1957年获欧·亨利短篇小说奖。

② 弗吉尼亚·伍尔芙（Virginia Woolf，1882—1941），英国杰出的现代小说家，主要作品有：《达洛维夫人》、《灯塔行》、《雅各的房间》等。

③ 菲茨杰拉德（Fitzgerald，1896—1940），美国杰出的现代小说家。代表作《了不起的盖茨比》。

战，而且需要大量的训练。我鼓励你们尝试这种方式：通过操纵语言和叙述角度，改变对故事的整体感觉。尝试将一本已出版小说的开头从一个不同的距离重写一遍，然后看看与原著有什么不同。要注意这一重要技巧的作用，并在你运用它创作自己的故事中找到乐趣。

通过操纵语言和叙述角度，改变对故事的整体感觉。

天使回望 Eileen Pollack

Eileen Pollack，作品有小说 *Paradise*，*New York*，短篇故事集 *The Rabbi in the Attic and Other Stories*，还有一部非虚构作品 *Woman Walking Ahead：In Search of Catherine Weldon and Sitting Bull*。她现任密歇根大学副教授，讲授创意写作硕士项目课程。

我最喜欢的视角是第一人称倒叙。在这种叙述方式中，第一人称叙述者回顾很久之前发生的事，甚至久到至少能让叙述者产生新的看法。这种视角对于叙述一件发生在儿童身上的事来说特别有用，因为它让叙述者能够交替运用成年人的语言和想法，以及儿童更为有限的语言、思想和感受。要想知道一位大师是如何处理这种视角的，你可以看这类小说：哈珀①的《杀死一只知更鸟》，威廉·马克斯韦尔②的《再会，明天见》，还有爱丽丝·芒罗③、雷蒙德·卡佛、理查德·福特④写的各种以第一人称叙述的故事。

---

① 哈珀·李（Harper Lee），美国当代小说家。《杀死一只知更鸟》（1960）是他的代表作。

② 威廉·马克斯韦尔（William Maxwell，1908—2000），美国小说家、编辑。曾在《纽约客》担任小说编辑长达四十年。

③ 爱丽丝·芒罗（Alice Munro），加拿大当代著名女作家。荣获 2009 年布克国际奖。

④ 理查德·福特（Richard Ford），美国当代作家。

练　习

想出一件你做过的最不道德的事。用第一人称（“我”）和一般现在时叙述出来。尽量让读者有亲临现场之感，好像他们自己犯了错一样。再现当时的场景，以及所牵涉的各种各样的人物，谁对谁说了什么，谁在什么时候做了什么，你在这些事中的角色，你的所做、所言、所想、所感。

使用你在当时会用的语言。（注意：如果你从没做过什么不道德的事，就想出一件你差点就做的，并且假装你确实做了这件事。如果你从未接触过任何此类事，就想出一件别人做过的不道德的事。这个人最好是你认识的，然后假装你就是这个人，用第一人称和一般现在时把它写下来，就好像你自己在做一样。）

现在，用一种新的方式来回想这件事，比如一个对此有了新看法的年长的人。（如果这件事发生在至少好几年前，那就好办了。但如果它发生在最近，你就要假装比现在的年龄更大些。如果你现在是 18 岁，而这件事是去年发生的，你就必须假装自己已经 25 岁，从 25 岁的角度回头去看这件事。）对于事情发生时的环境，有哪些是你不理解的？对于当时的自己，又有哪些是你不理解的？可能你做的事没有你一直想的那么坏，可能你现在已经原谅自己当时的行为了。或者事情变得比你所想象的还要糟，而你现在只能去承担它产生的后果。

至少要想出一种新的视角去看自己做过的事。现在还是以第一人称（我）来叙述上面的事，但是要从一个更年长、更有智慧的“我”的视角，并且用一般过去时讲。不要害怕你的叙述者直截了当地评判或分析事情及背后的原因。通常较年长的叙述者会在故事的开始或是新场景开始时讲话，然后就退至幕后，完全从更年幼的自己的角度，去再现当时的

至少要想出一种新的视角去看自己做过的事。

情景。

如果你喜欢这个练习，可以重复上面的步骤，去讲述一件需要你做出艰难抉择的事情，或是一件要你背叛自己所爱的人的事情，也可以是一件在当时情况下太过复杂，让你无法将它们合在一起或完全弄明白的事情。

让死者说话：第一人称叙述练习 Laura Kasischke

Laura Kasischke，共出版了三部小说：*Suspicious River*，*White Bird in a Blizzard* 和 *The Life before Her Eyes*。这些小说都被广泛翻译成各国文字，还被翻拍成电影。最新作品是一部关于一个年轻人的小说 *Boy Heaven*。她还出版了六本诗歌集。曾两次获得美国国家艺术基金会奖，并几次获得手推车奖。Kasischke 住在密歇根州的切尔西，任教于密歇根州立大学。

当代小说作家总是遭到指责，说他们选用第一人称叙述方式来写故事和小说，是因为这样“更简单”。但是大多数用过第一人称叙述来写故事或小说的人，都会告诉你这个过程很难，因为要考虑很多在第三人称叙述中被忽略的东西。然而有时候，第一人称看起来好像根本不是选择的结果。作家们会说他们被第一人称叙述者抓住、占据和选择。他们在作品的人物、声音和感情之间穿行，就好像演员或是媒介一样。

下面这个练习是一种尝试，帮助你搭建一个舞台，去体验这个过程；或者说，帮助你铺好桌子，等待这个客人的出现。这个练习重视的是过程而不是结果；尽管它不要求你去相信人有来生，死者还想要与生者取得联系（他们就肯定没有别的事做了吗?），但是，如果你对无意识至少有所重视的话，它确实能起到帮助作用。

死者可能还有话要说，需要某种工具把故事继续下去。

鲍勃·马利[①]曾说过，歌曲就在空气中飘荡，等着别人去听到它，把它写下来。同样，但是说的没有那么美，在我们给朋友打电话时，对话中总是传出窃窃私语声，对于这种声音，我们在上六七年级时可能会相信它是某个已逝之人的声音。或者，我们不是确实相信，而是假装相信它就是死者的声音。为什么不可以呢？死者可能还有话要说，需要某种工具把故事继续下去。这是很棒的想法，因为它相信人们可能具有的感受力，这种可能表现在，文字和歌曲、经历与意识、旅行等都可以重新找回，都可以转换变形，使之成为永恒。无论打电话的年轻人，或是坐在书桌前的作家，都可以做到。

歌曲就在空气中飘荡，等着别人去听到它，把它写下来。

这个练习提出：故事创作可能是邀请死者说话，作者可能是将故事讲下去的工具。而去倾听、从而听到则是一种用第一人称叙述来写作的方式。这样的结果是，叙述真实可信、充满活力，而不是像作家在使用第一人称时被指责的那样，只能求助于一个枯燥乏味的假“我”来写故事。

练　习

召唤鬼魂。想象一个说话者，他已经去世了（今天刚去世的？还是一千年前就已死了？），但是一直没有机会讲出自己的故事。这个说话者就在那里，他选择了你。你的任务就是让自己能为之所用。我的经验是，那些最能顺利完成这个练习的作家会发现，尽管说话者不完全跟自己一样，但是他们却跟自己有相似的问题或矛盾。鬼魂的烦恼不一定就是你的，但如果你们的烦恼相互产生共鸣，那就会有帮助。（杰克·凯鲁亚克[②]说：“事情没有联系；它们相互反映……这

---

① 鲍勃·马利（Bob Marley，1945—1981），牙买加音乐家。

② 杰克·凯鲁亚克（Jack Kerouac，1922—1969），美国“垮掉的一代”的代表人物。主要作品有自传体小说《在路上》等。

就是我们与死者之间写作的方式。”）

现在，用一两天时间去思考你的第一人称叙述者。他闲暇时喜欢做什么？如果他被邀请回到人间来参加晚宴，他想吃些什么？必须在你的叙述者说话之前，就让他在脑中有了清晰的画面。调查一下他在世的时间。或者去他被埋葬的那个墓地，如果你足够勇敢的话，就晚上去。想象一下鬼魂与你对话，或借你的声音来说话，你将这样开始真正的故事写作。这需要你真正的聆听，而且要尽量把自己的声音忘掉，以便让这个外来的声音进入你的内心。最好这个鬼魂有一个重要的故事要讲，也许是一个他在世时没有技巧或没有时间讲出来的故事。为你的鬼魂想出一些问题，然后让鬼魂说话吧。

警告：不管你多么怀疑，尽量让自己相信有一些怪诞的、异常的、宏大的、超验的事情存在于你身上和你周围，而且当你朝它走近时，它可能也在靠近你。还要让自己相信，这是你的叙述者，和你的叙述者的故事。他就在那儿，非常乐意接受你的邀请，为你讲述自己的故事。

这里有两个很棒的例子：阿兰·革干努斯[①]的“安慰”和丹·查恩[②]的故事“大学二年级，19岁，这一学年里第一个死亡事件”。在第一个故事里，一个死去的战士给母亲写信，让她放心（故事的灵感来源于沃尔特·惠特曼[③]的一封真实信件）。第二个故事是从一个大二学生的视角来写的，他在一场醉酒驾驶事故中死亡（很明显，这个故事来源于报纸头条，新闻标题就是这个故事的标题）。

---

① 阿兰·革干努斯（Allan Gurganus），美国当代作家。其代表作为1989年出版的《往日情怀》，曾连续八个月被《纽约时报》评为最畅销书。

② 丹·查恩（Dan Chaon），美国当代作家。曾获得美国国家图书奖、手推车奖等。最新的小说《等你回答》于2009年8月出版，被《出版家周报》列位2009年度十佳图书之一。

③ 沃尔特·惠特曼（Walt Whitman，1819—1892），美国著名诗人。代表作是《草叶集》。

人物发展

移情与人物塑造 Kay Sloan

Kay Sloan，小说家、诗人、文化历史学家。她的小说 *Worry Beads* 曾获 Ohioana 最佳小说奖；小说 *The Patron Saint of Red Chevys* 获 Barnes & Noble“发现新人奖”（Discover Great New Writers Book）。她的诗歌集 *The Birds Are on Fire* 获 Finishing Line 出版社的新女性声音奖（New Women's Voices Award）。她还是 *Looking Far North：The Harriman Expedition to Alaska，1899* 的合著者之一。Sloan 制作并导演了一部纪实片 *Suffragettes in the Silent Cinema*。现于迈阿密大学俄亥俄州牛津分校的欧洲中心任教。

人们通常告诉刚起步的作家说，要从自己的经验中写作，要“写你知道的事情”。但是写作的一个关键要素在于，理解其他人“发怒”的原因，理解我们的人物的行为动机。我们要跳出自我，跳出我们的过去，自由发挥想象力，这才是最重要的。

这个练习要求你跳入他人的心理，从他们的视角去写。尽管作家的一大魅力在于，通过努力写作，我们能诠释自我、解释我们的过去和对世界的看法。但是读小说的最大回报之一是，理解所有人物，以及他们在各自所处世界中不同行为的动机。既然人都带有神秘性，那么通过下面的练习，把你自己和别人的身份互换，可以帮助我们对这一神秘性有所了解。

练　习

第一步

花些时间去思考你和别人之间发生的一次冲突。这个人可以是公交车司机、商店职员，或是更亲近的人，父母、爱人或童年时的同班同学。然后写下发生的事情及其原因，你自己的感想，另一个人看上去如何，你能记得的事件发生的地点。为了让对方更理解你，现在你会对他说什么？

第二步

写作的一个关键要素在于，理解其他人“发怒”的原因，理解我们的人物的行为动机。我们要跳出自我，跳出我们的过去，自由发挥想象力，这才是最重要的。

一旦你写完这些，就把纸翻过来，或是收起来。重新拿一张空白纸。闭上眼睛，花些时间去想象你是冲突的另一方。如果你知道那个人的名字，你可以写“我的名字是某某某。事情是这样的……”然后从这个人的视角开始把故事写下去：你当时穿着什么？你在另一个人（真正的你）脸上看到了什么？在这个人的“面具”之下，你有什么感受？是生气、受伤，还是开心？为什么？那天白天或晚上你发生了什么事？你怎么描述那个情景？你看到、感觉到了什么？对发生的事你还记得什么？为什么？这个冲突发生后你有什么变化？想象你的背景和过去的历史，想象那天本该发生的事（只有你自己知道是好事还是坏事）。还有，你（就是这另一个人）必须告诉他（真正的你自己）你在冲突中角色的什么情况？

这个练习的目的是跳出自我，将感情移至一个与你的视角非常不同的人物身上。通过这种方法，我们可以用另一个人的眼光来看自己，与这个“自己”有更多的接触和了解。同时它还能帮我们看到冲突的多面性，以及冲突双方相互反应的复杂方式。

每个人，包括我们自己，都有好与坏两种动机。

表面之下是什么？Michelle Herman

Michelle Herman，出版有作品 *Missing*，*A New and Glorious Life*，*The Middle of Everything* 和 *Dog*。她在俄亥俄州立大学的创意写作班授课。Herman 获得的众多奖项和荣誉包括哈达萨（Hadassah）的 Harold U. Ribalow 奖、美国国家艺术基金会奖和俄亥俄州艺术委员会奖，以及詹姆斯·米切纳（James Michener）奖。

这个练习表面看起来很简单，但它关系到人物理解的根本问题，而人物又是小说写作的根本所在。人物即故事，这种说法到现在你肯定听过很多次。如果作者要考验人物，让人物自己去做事情，而不是**基于人物自身的性格**，使事情自然而然地发生在他们身上，那么这个故事读起来就不真实了。同样，如果作者把思想“强加给”一个人物，（例如，在写作时突然说“哎呀！我忘了在这儿给她**加上她的心理活动**了——最好加上！”）但是这个思想并没有触及人物的心灵深处，那么这个故事也会很不真实。

尽管认真的读者会关注很多方面——语言之美、作者的远见卓识、领略与自己不同的世界，还有一些人读小说只是想知道故事接下来会发生什么；但是，叙事性的小说能让读者参与进来的秘诀在于：**故事要写得真实**。因为如果一个故事无法让读者产生真实感，那么人物无论如何发展，作家对一件特别的事了解有多少，她眼中世界究竟怎样，她的想法是什么，故事的构建有多么巧妙，语言有多么吸引人或精确等等，所有这些就都不重要了。

我们到底为什么要读小说呢？这个问题值得思考。在我看来，这个问题就像问“人类是什么”一样，答案都很复杂。但是从最深层的意义上，读小说的原因在于我们渴望了解人性，渴望跨越对自我的有限认识。而当我们打开一本小说时，我们就有机会满足那些渴望。但是我们必须相信小说能够给我们带来这种理解，而为了让我们相信，小说就必须纷繁复杂、层次多样，就像我们置身于“真正的生活”一样。

人物即故事！

练　习

如果作者要考验人物，让人物自己去做事情，而不是基于人物自身的性格，使事情自然而然地发生在他们身上，那么这个故事读起来就不真实了。

想出一件一个人可能对另一个人做的事，任何事都可以。例如，扇他一记耳光。为她烤制蛋糕。握住她的手。在他走过时绊他一脚。在不是她生日的时候送她昂贵的礼物。在她的挡风玻璃上留一张令人讨厌的匿名便条。或扯着嗓门吵架。玩拼字游戏或“大富翁”游戏。开车兜风，等等。换句话说，事情必须是真实的，只要是能够在人与人之间发生的，任何事情都可以。

现在让我们进入练习。

第一步

动笔写作：简短、概要地叙述所发生的事情。好像你在现场观看，但又不知道事情的起因是什么（在这一刻，你还不知道事情的原因）。你所知道的仅限于你看到的，或者从你所看到的情况猜测到的。你会发现，给这件事中的人物取名字会有帮助。只用“那个男人”、“那个女人”或“那两个女孩”，可能很快就无聊了。这段描述只要几句话就够了，但是你的描述必须准确具体。

例如：

> 尼克和卡伦正在玩“大富翁”游戏，他们已经玩了

很久，一直坐在地板上。在尼克一边的纸板上放着一叠厚厚的“钱”，还有几排摆放整齐的财产卡片。但是，卡伦只有纸板和空地。两人旁边的地板上放着一只碗，碗里还剩了些薯片，还有两瓶啤酒。卡伦的酒瓶已经差不多空了。

第二步

挑选一个人物，并对其实施“手术”：切开他或她的大脑，进去看看。看看这一刻你在他的大脑里能发现什么。也就是说，不能只看传递给我们的表面信息，还要看大脑里面包含的信息。不用刻意记述人物此时所有的万千思绪。只选其中之一，然后跟着这个思绪的发展往下进行：

读小说的原因在于我们渴望了解人性，渴望跨越对自我的有限认识。

尽管卡伦只喝了多半瓶啤酒，她怀疑自己已经有点醉了。她觉得自己很可笑，很愚蠢，真的。她还不习惯喝这么多酒。当她拿起骰子掷的时候，尽量想让自己变得严肃起来，但尼克却开始大笑，她觉得自己看起来一定很傻。

第三步

现在将这些全都放到一边，拿出另外一张纸，然后问自己下面这些问题。你必须仔细考虑了再回答，不要担心用词等，因为这个时候你与其说是写，不如说是在纸上**思考**。

为什么这些人物要做他们正在做的事？

在上面这个例子中，为什么卡伦和尼克要玩“大富翁”游戏？为什么他们要喝啤酒？为什么尼克要大笑？

为什么我的主人公（即正在思考的那个人）会想到她正想的东西？

这个问题可能有点难度，但如果你把“为什么”加到你赋予她的每一个想法上，这个问题就好处理得多了。尽可能完整地回答问题。接下来你要深入到“为什么”的下面去看看。例如，如果你问“为什么卡伦觉得自己要‘严肃点’?”，而你简单地写在纸上的答案是：因为她崇拜尼克，希望他也认真地对待她；在他身边，她总是觉得自己有点蠢、有点傻。那你接着就要问自己：为什么她崇拜尼克？是什么让她觉得自己在尼克身边很傻？你一定要像这样不断追问下去，直到你刨根问底，钻进死胡同，再也问不下去为止。（“她崇拜他是因为他很聪明、自信，而且外表英俊。”那下一个问题就是：她为什么觉得尼可很聪明？在她看来尼克要比自己更聪明吗？这是真的吗？如果最后一个问题的答案是“不，她只是这么觉得，她觉得自己比不上尼克。”那你就要问“为什么卡伦会觉得这么自卑？是什么让她有这种感觉?”。）

在这一过程中，你可以随意返回最开始设置的情节，加上一点对话（“怎么了?”卡伦问。“没事。”尼克告诉她，但还是不停地笑），然后再重复第二步、第三步，从而挖掘出关于这个人物心理活动的更多信息。

这个练习的目的是什么？让你不断地问自己关于人物的问题，能使你尽可能全面地理解他们，这样，在任何时候，你都能知道“他们的想法是怎么产生的”。通过这个练习，你对自己所塑造的人物的了解程度可能会让你大吃一惊。

问“为什么”，然后对答案再问“为什么”，这一过程可以帮助你更多地了解你的人物，比你认为已经了解的还要多。所有的信息都已经存在，就锁在你的脑子里。你需要做的只是把它们找出来，然后写在纸上。

人物访谈 Lauren Grodstein

Lauren Grodstein，出版有短篇小说集 *The Best of Animals* 和长篇小说 *Reproduction Is the Flaw of Love*。她的散文、小说和评论文章刊登在各类出版物上，包括 *Virgin Fiction 2*，*The Modern Jewish Girl's Guide to Guilt*，《纽约时报》以及《安大略评论》（*The Ontario Review*）。Grodstein 毕业于哥伦比亚大学创意写作硕士班，现在罗格斯大学教授创意写作。她居住在纽约的布鲁克林。

我写的故事和小说通常都比较内在化——由人物推动情节发展，而不是由情节推动人物发展。我认为，要想写出令人信服的故事，最佳的方法是把人物塑造得越真实越好。例如，我的小说《复制是爱的缺陷》，讲的是一个年轻男子等在浴室外面，而他女朋友正在里面做妊娠测试。整个故事都发生在一个半小时之内（最多再加上一些回忆过去的时间）。如果没有一个人物被迫等在浴室外面，读者很快就会失去兴趣。所以，当我在写这本小说的时候，我竭尽全力让我的男主人公米勒变得立体全面。我给他写了内心独白，安排了他的家庭成员，回忆了他童年时的场景，最后与他面对面地交谈。

坦白地说，这个面谈的方法究竟从哪儿借鉴来的，我不记得了，不过肯定不是我自己创造的。但是，这样做比其他方式让我更加贴近地了解米勒。我训练自己去倾听他的心声。我了解到他是个比较安静的人，尽管他一有什么高深的想法，说起话来就会用些冗长的、无休无止的句子。我还了解到他喜欢听古典音乐，但只是在独自一人的时候听，比如在乡间小道上一个人开着车的时候。他还有点怕猫。不过在这整个过程中，最重要的不是我发现的东西，而是我学会把他看做是一个独立完整的人，而不是我这个作者自身的一个延伸。

与人物面谈并不一定就能把他们塑造得立体全面。这种方法可能会让人觉得被动，甚至愚蠢，有时还会觉得这是作家根本不需要做的额外工作。不过我对这个方法已经很着迷了。它帮助我更了解我的人物，让我在小说或故事的界限之外与他们有更多的接触。而这样做本身就是一种乐趣。

通常，作家会有一种冲动，想要把人物描述成实际上是蒙着薄薄面纱的自己的翻版。（有些作者直截了当，大胆地将他们的人物冠上自己的名字。比如在菲利普·罗斯[①]的小说《夏洛克战役》里，主人公就是一名叫菲利普·罗斯的作家。）我建议：如果可能的话，你要尽量避免这种冲动。首先，写一个与你有同样的工作、用同样的牙膏、穿同样的运动鞋的人，这并不是很好的写作手法。其次，那些明显跟作者一样的人物，通常会表现出虚伪性和强制性。当把人物写成另一个自己的时候，作者似乎越来越关注怎样才能写得“对”，而不是怎样才能写得好——作者只沉浸在怎么叙述自己一天的工作、怎么完美地描写细节上，而完全忘了自己在写小说。

当把人物写成另一个自己的时候，作者似乎越来越关注怎样才能写得“对”，而不是怎样才能写得好。

因此，不要去写你自己（或你的父亲、妻子），相反，尝试去写一个完完全全虚构出来的人物。塑造这个人物的灵感可以来自于任何地方，但是关于他生活的细节必须是来自于你的想象。

认真地思考下面的问题：这个人物的外表如何？他秃顶

① 菲利普·罗斯（Philip Roth），美国极负盛名的当代作家。作品甚多，成名作《再见吧，哥伦布》获1966年美国国家图书奖。

吗？戴眼镜吗？他每天去上班的动力是什么（或者他不去上班的原因是什么）？他曾在哪里上学？他的父母什么样子？他喜欢猫吗？还是狗？还是鹦鹉？他是素食主义者吗？即使这些细节没有一个跟你的故事内容相关，你也必须知道它们的答案，这样才可以使你的小说真实，令你的读者信服。单薄的人物不足以支撑你在故事中编织的梦想。

练　习

在这个练习中，你要先虚构出一个人物，然后尽可能地去了解他。你的工作就是去采访这个人物，你就把自己当成是《时尚先生》或《纽约客》的记者，而你的人物就好像是一个有很多内容可以挖掘的大主角。这儿有一些你可能想问的问题：

——你最早的童年记忆是什么？

——你对梦想的假期有什么想法？

——如果你可以有另一份工作，你想做什么？

——谁是你心目中的英雄？

——摇滚、歌剧和爵士乐，这三个里面，你最喜欢的是哪一个？为什么？

——你只听收音机吗？还是你根本什么都不听？

你可以问他任何你想知道的事！

"很久很久以前"：在小说中与时间游戏

Elizabeth Graver

Elizabeth Graver，出版过三本小说：*Awake*，*The Honey Thief* 和 *Unravelling*；故事集：*Have You Seen Me?*。她的作品曾被收入《美国最佳短篇小说选》、《欧·亨利奖作品选》、《美国最佳散文选》（*The Best American Essays*）和《手推车奖作品选》等。目前在波士顿大学任教。

这个练习以经典的童话故事《小红帽》为出发点，来探索时间在人物性格挖掘中的重要作用。

故　事

很久很久以前，一个小村庄里住着一位伐木工和他的妻子，他们有一个小女儿。邻村住着她的外婆，她最疼小女孩了，给她织了一顶非常漂亮的红帽子，让她戴上暖和些。邻居看到了，都叫她"小红帽"。时间长了，没有人叫她的真实姓名了。

有一天，妈妈对她说："外婆生病了，戴上你的帽子，帮妈妈带一些酪饼去探望她。"小红帽上路了，不久就来到了两个村子之间的一个树林里。这时，一只大灰狼刚好从这里走过，看见小红帽，就说："小红帽，你要到哪里去呀?"

"我要去看我的外婆，狼先生，"小红帽答道。

"那她住在哪儿啊?"大灰狼接着又问。

"噢，她住在过了磨坊的第一间小屋里。她病得很重，我给她带些酪饼。"

"要是她病重的话，我也应该去看望她，"大灰狼说。"我走这条道，你从树林里穿过去，咱们比比谁先到外婆家。"刚一说完，他就摇晃着走开了，然后一路跑到外婆家门口。"砰砰砰……"大灰狼敲着外婆家的门。

"是谁啊?"外婆问道。

"是我!"大灰狼装出小红帽的声音回答。"外婆，我是小红帽，我给你带来了新鲜好吃的点心!"

"拉一下绳子，门就开了。"外婆从屋里喊道。于是大灰狼拉下绳子，开了门，冲进屋子。它把可怜的外婆吃了，然后穿上她的睡衣，拿过她的睡帽，扣在自己丑陋粗糙的脑袋上，爬到床上，装成外婆正在床上睡觉的样子。"这个老太太真不好吃，"它心想，"不过那个女孩一定非常美味。"

但是小红帽还在树林里玩呢。她给外婆采了很多野花，因为外婆不能出门，亲眼看到春天的花朵。最后，小红帽玩累了，这才出发去外婆家的小屋。

到了外婆家门口，她敲敲门"砰砰砰……"大灰狼装出柔弱的声音，从屋里喊道："拉一下绳子，门就开了。"小红帽打开门，走了进去。

"把篮子放在桌子上，到我床边来，"大灰狼说，"我觉得有点冷。"

小红帽觉得外婆的声音有点嘶哑，但又立刻想起来可能是因为外婆感冒了，声音才变的。小红帽一直都是个听话的孩子，于是她走到了外婆床边。但是当她看到那毛茸茸的胳膊时，她害怕起来，叫道：“外婆，您的胳膊好长啊！”

“胳膊长，才好抱你呀，小可爱。”

接着小红帽又看到睡帽下面露出来的两只竖直的长耳朵，说：“外婆，您的耳朵好大哦！”

“耳朵大，才好听得清楚你说的话呀，小可爱。”

“外婆，您的眼睛好大啊！”

“眼睛大，才好看得见你呀，小可爱。”

“外婆，您的牙齿好大啊！”

“牙齿大，才好吃你呀，亲爱的。”大灰狼叫道，突然从床上跳了起来。要不是小红帽跑得快，它就已经把她吃掉了。

小红帽尖叫着跑出小屋。幸运的是，守林人卡尔正好路过。他很快就用斧子杀死了大灰狼。小红帽还是很害怕，但是没有受伤。卡尔把她送回了家。从那以后，妈妈再也不让小红帽独自穿过那片树林了。

练　习

紧接着下面四段话末尾的省略号往下写。每一段写大概10分钟（如果你灵感很多，也可以多写）。

1. 第一人称，主观时间。想象小红帽的声音、思想和经历。

“外婆，您的牙齿好大啊！”

“牙齿大，才好吃你呀！”大灰狼叫道，突然从床上跳了起来。要不是我跑得快，他就已经把我吃掉了。我尖叫着跑出小屋，一边跑一边感受到危险离我越来越近。我看见……

2. 将来时间。把小红帽向前推，推到很远的将来：

小红帽还很是害怕，但是没有受伤。卡尔把她送回了家。从那以后，妈妈再也不让小红帽独自穿过那片树林了。有些是当时她无法理解的，过了很多年以后，等她有了自己的女儿，她才明白……

3. 动物时间。想象一下动物的视角，它不依赖人类的“钟表时间”，而主要靠自己内在的感觉。

小红帽还在树林里玩呢。她给外婆采了很多野花，因为外婆不能出门，亲眼看到春天的花朵。最后，小红帽玩累了，这才出发去外婆家的小屋。正在她玩耍的时候，大灰狼摇晃着穿过树林。他的腿有点……

4. 外婆的时间，或者顷刻之间。在某一阵突然涌起的情感之中，人物对时间的体验会变得特别混乱而复杂。

“拉一下绳子，门就开了。”外婆从屋里喊道。于是大灰狼拉下绳子，开了门，冲进屋子……”现在，外婆已经活到 90 岁，经历过很多事情。接下来发生在她身上的事，会把她拉到过去，一下子又送至遥远的未来，再让她的思绪牢牢地停留在一个地方。这一切都同时发生。她……

为什么我要偷它？Robert Anthony Siegel

Robert Anthony Siegel，认为好的小说总是由感情推动而成的。他曾出版小说 *All the Money in the World*，目前在威明顿的北卡罗来纳州大学任教。

创作小说的困难之一是要塑造主动的而不是被动的人物——他们按照自己的意愿采取行动，而不是只会思考。事实上，这个困难包含两个部分：第一，识别出一个清晰的愿望，让它驱使你的人物行动；第二，发现一个行动，既由那个愿望激发，又以复杂而有意义的方式表现愿望。这个练习提供了一种方法，能够探索愿望和行动相互作用的两个方面。

练　习

首先，在屋子里找一遍，找出一样你感兴趣的东西。这个东西可以很特别，比如从佛罗里达鳄鱼饲养场上带回来的纪念品；也可以很普通，比如一把木制的搅拌勺。然后，坐下来，把东西放到你的面前，让你的人物用她自己的话来解释：她为什么要偷这个东西？

“为什么我要偷它？”这个练习的用途很广泛。你可以用它来帮助你更好地理解已经创造出来的人物；或者是用它来创造一个新的人物，例如一个因为害单相思而偷走木勺的面包师。当你写完这个面包师偷勺子的原因之后，你可以接着去挖掘随着这件事发生的其他事情：她从谁那里偷来的，她怎么偷的，她偷了之后出了什么事，她现在对谁坦白，她为什么要坦白。

创作小说的困难之一是要塑造主动的而不是被动的人物。

文字画 Chris Abani

Chris Abani，出版有小说 *GraceLand*、*Masters of the Board*，中篇小说 *Becoming Abigail*，诗集 *Hands Washing Water*、*Dog Woman*、*Daphne's Lot* 和 *Kalakuta Public*。Abani 是加利福尼亚大学河滨分校的副教授，同时还在洛杉矶的安蒂奥克大学教授创意写作硕士研究生。他是 2001 年国际笔会美国中心自由写作奖（Freedom-to-Write Award）的得主，同年还获得普林斯·克劳斯奖（Prince Claus Award）；在 2003 年获得兰南文学奖（Lannan Literary Fellowship）；在 2005 年获得国际笔会/海明威图书奖。

在 19 世纪的英格兰，报纸上刊登的“文字画”通常都是由像狄更斯[①]这种非常受欢迎的作家所创作的。

练　习

用文字描绘一幅画，即像画画那样，生动细致地描述一个地方或是一个人，不要只关注明显的外表特征和简单的行为动作。相反，要寻找种种细节，比如衣服上的纽扣，从某扇窗户里飘出来的香味，假牙——把这些与你作品中人物的品质结合起来：炎炎夏日的某个午后，玻璃门里飘出淡淡的香味。奶奶把假牙放到身边的那个玻璃杯中，抿了抿嘴，准备去睡午觉。

---

① 查尔斯·狄更斯（Charles Dickens，1812—1870），19 世纪英国最伟大的小说家。著名作品有《双城记》、《雾都孤儿》、《大卫·科波菲尔》和《艰难时世》等。

这个练习通常能在人物身上引起令人惊讶又充满乐趣的变化和发展，还能使人物跃然纸上，更生动地呈现在读者面前。同时，这个练习还可以使读者在人物身上找到自己的影子，在小说中发现自己的故事。

人物练习：掏他们的口袋，翻他们的抽屉 Rachel Basch

Rachel Basch，作品包括两本小说 *The Passion of Reverend Nash* 和 *Degrees of Love*。现为康涅狄格州哈特福德城的三一学院的访问作家。

在《兔子富了》[①] 中，哈里把辛迪·穆尔科特卫生间里的每一个地方都作了分类说明，就好像所有这些装饰都能帮他揭开这个女人的神秘面纱，这个令他一直可望而不可求的女人。但是，真正揭露了辛迪神秘内心世界的，却是她药柜里的东西。在一份将近一页纸的清单中，厄普代克把药柜架子上的每一样东西都作了细致列举——涂剂、药膏、乳霜和处方。哈里从浴室出来的时候，总结了一句话，"药柜真是个悲剧"。

药柜不仅是个悲剧，还带有神秘性、讽刺性、象征性、喜剧性，独特性、矛盾性、强迫性、惊悚性和诱惑性……这些特征也可以用来形容下面这些物品中的东西：钱包、运动包、背包、高尔夫包、冰箱、储藏室、书桌、床头柜、学校的柜子、文件夹、保险柜、首饰盒……

① 《兔子富了》（*Rabbit Is Rich*），是美国著名当代作家约翰·厄普代克的系列小说"兔子四部曲"中的一部。另外三部是《兔子快跑》、《兔子归来》和《兔子休息》。

在创作小说的过程中，最关键的是对人物内心的了解。所以，要尽量努力让人物自己交出这些东西，暴露自己的秘密，向我们展示他们最真实的一面，好让我们把这些人物当做是我们中的一员。我们如何才能从描写一个人物的表面特征、个人简历、外貌轮廓，而变为创造一个像我们一样真实存在、生动活泼的人呢？关键就是物品。看他们的东西！我们掏他们的口袋，翻他们的抽屉，从而把“人物”变为“人”。

练　习

我根据理查德·拉索[①]的关于如何从地理位置去发展人物的练习作了些调整。在这个练习中，首先要选一个上文提到的物品，比如钱包、首饰盒等等，然后简单列出你的人物在里面放的东西。不要去想情节，因为这个练习并不涉及为故事后面的发展作情节铺垫（尽管有时不知不觉会透露出来）。

如何才能从描写一个人物的表面特征、个人简历、外貌轮廓，而变为创造一个像我们一样真实存在、生动活泼的人呢？关键就是物品。

这个练习的关键在于列出正确的东西，这些东西必须能真实反映人物性格，同时是这个人物所特有的。如果她的钱包里有一张演出票根，那这是什么演出呢？如果有一张购物清单，那清单上有什么？有什么东西被划掉了吗？除此之外，钱包里有下面这些东西吗：工资条、当票、任务列表、电话号码、地址、报价单、欠条、彩票、优惠券、照片、身份证、信用卡？钱包里有多少钱？钱的面额是多大？

开始的时候做个简单的列表，不要加任何叙述性的解释、题外话、倒叙。只写事实，罗列物品。目的是创造一个内容索引，把这些内容的特点综合起来，只能专属于一个人，即你的人物。

---

① 理查德·拉索（Richard Russo），美国著名当代作家。他的小说《帝国瀑布》获2002年的普利策奖。其他主要作品包括《莫霍克》、《危险池塘》、《没有人是傻瓜》和《直率的人》等。

当萨姆沙遇到巴托比 Maxine Chernoff

Maxine Chernoff，州立圣弗朗西斯科大学的教授和创意写作项目主任。她和Paul Hoover合编一份长期出版的文学期刊 *New American Writing*。出版过六本小说，八本诗集，最近的一本诗集名为 *Among the Names*。她的作品被刊登在很多杂志上，包括 *Conjunctions*，*ZYZZYVA*，《北美评论》（*The North American Review*），《芝加哥评论》（*Chicago Review*），《巴黎评论》，*Sulfur*，*New Directions Annual*，《丹佛季刊》（*Denver Quarterly*），*Hambone*，*Slope* 和 *Verse*。她的故事集 *Signs of Devotion* 曾在 1993 年被评为《纽约时报》值得关注图书。她的小说 *American Heaven* 和短篇故事集 *Some of Her Friends That Year* 获得 Bay Area Book Reviewers Award 提名。Chernoff 的小说 *A Boy in Winter* 还被加拿大一家独立电影制片公司改拍成电影。

描写可以预料到的相似的人物场景通常能给作者省很多麻烦，比如对妻子和丈夫、妈妈和孩子、爸爸和他的酒友之间等人物关系的描写，人物会说出你希望他们说的话，场景或故事变成了一篇日记。要打破这种趋势，有一个很有趣的方法，就是让人物去讨论他们生活中或目前生活状况中非常不协调的问题。

在我的好几部小说中，我都会想出这样的一个人，比如，一个刚到美国不久的波兰数学家，他的新工作是照料一位上了年纪的黑人爵士音乐家（见《美国天堂》）。再比如，一个离家出走的年轻人，没有去看她自己的奶奶——一个住在城里的有点神经质的老太太，而是去看了她母亲的新男友的奶奶———个住在乡村、沉默寡言的土著印第安人（见《哀愁》）。在上面这些例子中，人物相互之间的感觉都很惊奇，最后总能对自己或别人有所发现。如果是跟自己熟悉并相处融洽的人在一起，是不会有这些新发现的。

练　习

在写作练习中，要探讨两个关系奇怪的人物之间的情况，一个方法是字面意思上的“破门而入”。如果《你将何去何从》[①] 里的康妮遇到的不是那个有威胁性的阿诺德·弗兰德，而是雷蒙德·卡佛的故事“大教堂”里的那个魁梧粗壮的盲人，情况会怎么样呢？她会从这个更冷静、更有安全感、更理智的人身上了解到自己的什么呢？如果抄写员巴托比[②]必须要跟格雷戈尔·萨姆沙在一起呆一个上午，会发生什么事呢？格雷戈尔会因为这次会面而觉得不舒服吗？格雷戈尔的父亲会意识到确实有父子不和的情况吗？

把不同故事中的人物放到一起，你会学会制造各种各样的可能性。

把不同故事中的人物放到一起，你会学会制造各种各样的可能性。你可以想象出之前根本写不出来的对话。你可以摆脱已有的人物关系的束缚，去想象新的场景。在新的场景中，对话的双方都会激发你的想象力去探索它不熟悉的领域和途径，从而使你这位作者大吃一惊。

我可能从不同作者的不同作品中选取两个人物，让他们之间进行对话。以此作为故事的开头，然后看他们会说些什么。另一个可能性是把一个著名文学作品中的人物放到你自己已经写出来的情节之中。无聊的妈妈和爸爸，早上坐在厨房里，喝着咖啡，突然堂兄斯坦利·科尔瓦斯基到访，他刚

---

① 《你将何去何从》(*Where are You Going*, *Where Have You Been*)，美国作家乔伊斯·卡罗尔·奥茨的短篇小说。描写一位15岁的叛逆少女康妮在一次夜间外出时见到一个帅气的青年阿诺德·弗兰德，之后发生了一系列让她觉得惊慌恐惧的事情。

② 巴托比 (Bartleby)，是美国作家赫尔曼·梅尔维尔的短篇小说《抄写员巴托比》的主人公。他日以继夜不停地抄写文件，拒绝任何变化与沟通，不论别人要他做什么，他只是不停地重复说“我宁愿选择不”，最后甚至拒绝进食，结果饿死。

不仅要依靠你自己有限的经验，还要利用文学所能赋予你的世界，去创造出充满张力、激情、幽默和复杂性的新的时刻。

刚失去了妻子斯黛拉。之后你可以按照你自己的意愿给他换个名字，但是你已经通过他的出现，使原本故事中寻常的早餐变得不同寻常了。即使非常著名的人物也可以突然出现在你的小说中。让一个像拉斯柯尔尼科夫[①]的男孩在你主人公所在的中学上高年级。既然已经知道了他的兴趣与“偏爱”，那怎么样才能让你的主人公避免重蹈覆辙呢？

作为作家，你的职责在于：不仅要依靠你自己有限的经验，还要利用文学所能赋予你的世界，去创造出充满张力、激情、幽默和复杂性的新的时刻。

① 拉斯柯尔尼科夫，是俄国作家陀思妥耶夫斯基的著名长篇小说《罪与罚》中的主人公。

抽屉里的响尾蛇 Michelle Brooks

Michelle Brooks，著有诗集 *Such Short Supply*，她的小说多次在《阿拉斯加评论季刊》（*Alaska Quarterly Review*），《布卢梅萨评论》（*Blue Mesa Review*），*Hayden's Ferry Review*，*Orchid*，《巴尔的摩评论》（*The Baltimore Review*）和 *Parting Gifts* 上发表；她的诗也经常出现在《麦迪逊评论》（*The Madison Review*），*Phoebe*，*The Saint Ann's Review*，*Eclipse*，*Natural Bridge*，*Slipstream*，*HazMat Review*，*Poetry Motel*，*Spire Press*，*Nerve Cowboy*，*New Zoo Poetry Review*，*Revolve*，*The Circle*，*Long Shot*，*Poetrybay* 和 *Gargogly* 上。她在北得克萨斯大学获得创意写作博士学位。于 2004 年因 *No Half-Measures Here* 赢得 Ledge 比赛奖，并于同年因 *A Hotel Room in Baton Rouge* 赢得 Nerve Cowboy 比赛奖。

我的朋友马克住在牧场上的老房子里的时候，在衣橱的抽屉里发现了一条小响尾蛇。他本来要脱下 T 恤准备睡觉，面对这种情况，他不得不重新审视自己的处境，确定该怎么做。马克害怕蛇，但喜欢枪，他随手拿起一把短猎枪，对准蛇开了枪。结果抽屉未能幸免，那条蛇却从被打得四分五裂的抽屉里钻了出去，不知去向。马克好几个夜晚都辗转反侧，一直在想那条蛇跑到哪里去了，它会不会再回来。作为作家，我们会想象到诸如响尾蛇之类不知来路和去向的东西，还能够想象到面对威胁的多种反应。

练　习

在这次练习中，想象一个具体的人，每天做着平凡的事情，突然遇到了意想不到的东西，并且带来了强烈的反应。

你可以想象：一个妻子，多年以前就已切除子宫，在清理丈夫的浴室时却发现了一盒避孕套。

这应该是物质实体的东西，会产生身体或心理上的威胁，也可以是神秘的、真实的或者想象的东西。这个“响尾蛇”必须是家里的某个房间里可能找到的一种东西，并且有魔力搅乱你所描写的场景中的人物的心情，改变他的生活轨道。比如，你可以想象：一个妻子，多年以前就已切除子宫，在清理丈夫的浴室时却发现了一盒避孕套。关于这盒避孕套会有很多种解释，并且她也可以有多种反应。场景想象得越充分，作家就能越深入地探究生活的神秘性，这种生活正在微妙地或戏剧性地发生着变化。

从下列房间中挑选一个：浴室、厨房、客厅、壁橱、地下室、车库和阁楼等。细节描写越具体越好。这个练习的最终结果能让我们更好地理解特定的场景细节的作用，它能帮助你把人物描写得更充分，并且可以对故事施加外在的压力。

家庭主题，家庭秘密 K. L.Cook

K. L.Cook，著有连环故事集 *Last Call*（该书获得了第一届《草原帆船》小说奖）和小说 *The Girl from Charnelle*。他在亚利桑那州的普雷斯科特大学和肯塔基州的斯伯丁大学教授创意写作课。

除了在各种各样的创意写作工作室教课，我还和人共同讲授电影和文学中的家庭系统课，这是一门跨文学和心理学的学科，利用故事、中短篇小说和电影来阐明家庭内部复杂的情感传承。有一次我布置学生写一个家庭传记，让他们写一篇故事来探究一个特定的事件、主题、类型或他们自己家庭的秘密。

这次作业让我读到了最具吸引力、最具说服力和最具心理复杂性的故事，并且都是出自学生之手，甚至是根本不认为自己是作家的学生之手。这个作业很成功，于是我把它应用到小说写作工作室里，也经常会收到非凡的效果。我特别喜欢这种练习，看它如何激励作家跳出把人物（包括家庭人物）单纯地描写成受害者和加害者的窠臼。相反，它能催促作家探究一个团体是怎样促成一个主题或者秘密的，以及这个主题或秘密是怎样阐明这个家庭人物的身份、价值观、情感历程、欲望和焦虑的。这个练习对写作和修改我自己的作品也有很大的作用，像《最后的呼喊》，这是一部描写西得克萨斯州的一个家庭三代人生活的系列短篇故事集，和《来自肉体的女孩》，这是一部描写同一个家庭里一系列错综复杂的秘密的小说。

练　习

家庭主题。家庭主题通常发生在几代人身上，并且会给这个家庭刻上独特的神话似的烙印。某个人物可能会说："我出生于一个荣耀的小偷世家。"或者，像《了不起的盖茨比》开头尼克·卡罗维宣称的那样："我家世显赫，家境富裕，我们三代人都在这个中西部城市里生活……我们的传统是从巴克卢公爵那里传承下来的……"

在你虚构的家庭生活中确定一个中心主题。这个主题源自何处？它如何在几代人中发挥作用？作用是积极的还是消极的，或者两者都有？它如何推动家庭成员形成对家庭的忠诚，并且确定个人的身份，它又是如何引起家庭内部的长期焦虑并导致故事主题的中断、倒退或重新发展的？切记：在家庭主题中，家庭成员不仅自觉，而且能够很敏锐地察觉到这个家庭主题及其情感传承。一旦确定了这个主题，可以尝试运用下面的叙述策略：

1. 设置一个场景，这个家庭的两个人物对家庭主题的合法性存在分歧。让一个人物试图劝说另一个接受命运，要么深化这个主题，要么摆脱这一主题。但是另一个要抗拒这种说法。

2. 构思一个故事，围绕着三个家庭成员展开。让第一个家庭成员试图劝说第二个（你的主人公）顺从并按照家庭主题/传承来生活，而第三个则试图说服他反抗甚至推翻这种家庭主题/传承。（这能使试图劝说主人公的另外两个家庭成员增加一些经历，加强他们的地位。）

家庭秘密：按照家庭系统理论，家庭中是没有秘密的。即使有，整个家庭不管是有意的还是无意的，都会共同保守和传承这个秘密。秘密通常和家庭的荣辱观相关，并且一代人有可能把它当成向下一代人施加意志（关于行为规范的意志）的工具。例如，在汤亭亭[①]的短篇小说《无名女人》中，一个中国女人因受到羞辱而自杀，这个秘密被压制了下来，但是不仅引起了她的整个家庭的焦虑，更是影响了她的侄女（汤自己），因为她在界定自己的身份的时候会寻求“先人的帮助”。在詹姆斯·鲍德温[②]的短篇小说《萨尼的蓝调》中，叙述者知道了他父亲和叔叔的一个秘密，决定了要努力地保护弟弟。

你小说里的家庭有秘密吗？这个秘密在这个家庭的生活中如何产生了慢性的或严重的焦虑？它直接影响了你希望讲出的故事吗？你能分清家庭中谁接受或“约束”了这种被压制的秘密带来的焦虑吗？他们如何约束？这个秘密对小说中的整个家庭以及家庭中的每个人的情感健康有什么影响？

你小说里的家庭有秘密吗？这个秘密在这个家庭的生活中如何产生了慢性的或严重的焦虑？它直接影响了你希望讲出的故事吗？

一旦你探索出了这个秘密的具体细节，就把它当成故事的基本组织策略。下面有两种方法：

1. 故事开头详细描述一个秘密，然后组织叙述结构，将这个秘密对人物的情感影响戏剧化，主要是这个秘密引起的焦虑对他们的影响。

2. 构思一个神秘的故事，塑造一个主人公，从一开始就试图找出这个秘密，在这个过程中必须应对不同的家庭成员，他们要么试图帮助找出他，要么故意搞破坏。（秘密的魔力就在于被压制，家庭中总有人想继续压制这个秘密，也有人想揭穿秘密，使它失去情感力量。）

---

① 汤亭亭（Maxine Hong Kingston），著名美籍华人作家。《无名女人》是她的小说《女勇士》五个章节里面的第一个故事。

② 詹姆斯·鲍德温（James Baldwin，1924—1987），美国著名黑人作家。《萨尼的蓝调》是他的短篇小说。

冲突中的人物 Michael Datcher

Michael Datcher，其作品 *Raising Fences* 被《纽约时报》评为畅销书。现为洛杉矶的洛约拉玛莉曼特大学的英语教授。

人物之间复杂的相互作用是一部伟大作品的魅力所在，人物之间存在冲突的时候更是如此。但是两个存在冲突的人很少在力量上是均衡的，通常其中一个人物是在被动地表现自己。在拳击比赛中，最吸引人的比赛就是两个势均力敌的选手之间的对抗，人物之间的对抗也是如此。这个练习是为了锻炼作家，创造两个力量均衡的人物并使其产生冲突，这取决于作家个人经历过的冲突，以及作家能否站在对方的角度上写作。

练　习

回想某个时候你和别人存在严重分歧或者争论，并且你认为对方很明显是错的。现在，站在别人的角度上给自己写一封信。在这封信里，以对方的口气，解释为什么她是对的而你理所当然是错的。

这个练习能很好地锻炼作家，从别人的角度而不仅仅是自己的角度写作，并且还是教化反面人物的有效方法。

航海者：写不认识的人 Edie Meidav

Edie Meidav，著有小说 *Crawl Space*，获巴德小说奖（Bard Fiction Prize）；著有 *The Far Field：A Novel of Ceylon*，该书被称为是一位美国妇女写的最佳小说，获卡夫卡奖（Kafka Award）；目前正在写的小说为 *Highway Five*。现任旧金山加利福尼亚新学院创意写作项目主任。

要想全面直观地认识我作为加州人的形象（persona，希腊语中的面具），应该这样：现在，各种各样的无线电波正在穿过你的身体，小说虚构的，历史真实的，诗情画意的，语言学的，等等。你现在坐的位置在某一个墓地里。不管你在哪里读到这些文字，即使你缩在深夜的密林深处，而不是拥挤的咖啡馆或地铁里，有些人已经觉得毛骨悚然了，会手足无措、语无伦次。那么我们是否可以说，以前，以及目前所有的谈话，都会对你产生影响，并微妙地侵入你的意识中呢？再来看一个后 20 世纪的隐喻：把你自己想象成是一个活动的维可牢牌拉链，已经把观察到的成千上万的手势、听到的对话和领会错了的观念连接在一起。

有一次，我坐船离开苏格兰的斯托纳维港，坐在两个男人的后面，听到其中一个对另一个说："说说你对犹太人的看法，他们确实知道该怎么……"他这句话到底想说什么其实都不重要了。因为他僵硬的脖子和他的这种说话方式已经把我带到了不同的环境里，比如高尔夫球俱乐部等，在那些地方，要想说"他们确实知道该怎么"这种话，根本不需要得到别人的许可。

我喜欢写小说的一个原因就是我想跳出自己有限的生活，换成别人的形象。戴着面具，我能感到最大程度的自由和尽情生活的可能，并且可以了解在自己有限的范围之外的主观活动。

我喜欢写小说的一个原因就是我想跳出自己有限的生活，换成别人的形象。戴着面具，我能感到最大程度的自由和尽情生活的可能，并且可以了解在自己有限的范围之外的主观活动。在你的生活中，你可以称得上真正了解的人有多少？36个？从这里入手，虚构就可以起作用：摆脱你自己的方式，就能摸索着进入丰富的素材世界。

小说家石黑一雄说，他写小说喜欢先写后做调查，并且经常发现自己写的东西和现实生活很相符。

小说家石黑一雄[①]说，他写小说喜欢先写后做调查，并且经常发现自己写的东西和现实生活很相符。或许对我们中的很多人来说，动笔之前做太多的调查会局限我们的想象力，并且可能耽搁我们的写作，这种耽搁的方式很复杂。同样，史蒂芬·克莱恩[②]在写完《红色英勇勋章》之后才上战场。而当他成为军人才发现，他早已本能地预料到他所经历的这一切。是创造性的假设形成了实验的结果吗？或许是吧。但是如果你再冒一点险，会失去什么呢？

这么多年我观察过很多学写作的学生，发现很容易将他们带上即将离开斯托诺韦港的航船，领他们跳出自己的生活经历，进入充满魅力的航程。稍微打破以前的认识似乎很有帮助。套用一下那些能说会道的二手车销售商的说法，如果你做这个练习，我可以保证：至少能经历几次生命旅程。

练　习

去咖啡馆或公共汽车站、机场候机大厅或者医院候诊室、赌场或酒吧。换言之，到任何一个地方，只要是人们暂

① 石黑一雄（Kazuo Ishiguro），著名日裔英国小说家。曾获得在英语文学中享有盛誉的布克奖，其作品已被翻译成二十八种语言。

② 斯蒂芬·克莱恩（Stephen Crane，1871—1900），美国作家。代表作是以美国南北战争（1861—1865）为历史背景的小说《勇气英勇勋章》。

时停下脚步，等待着生命的下一段旅程，带他们朝自己的目标或生命终点又迈近一步的地方。从你周围挑一个不会注意到你在注视他的人。快速记下你对这个人的想象：

1. 对权威人士的态度
2. 完美的伴侣
3. 最大的耻辱
4. 理想的工作与实际从事的工作
5. 童年时第一次最大的快乐
6. 最浪漫的经历/他一直在努力重现的浪漫
7. 床
8. 冰箱里的东西
9. 紧张的抽搐
10. 梦想的生活
11. 最大的对手；最主要的角色
12. 期望中的族群/社区与现在的族群/社区
13. 最大的成就 / 他想要达到的成就
14. 最喜欢的藏身处和救助
15. 过去的人 / 他不想遇到的人
16. 最具挑战性的身体行为
17. 最具挑战性的心理行为
18. 最具挑战性的情感行为，比如原谅、泄密、自我认识
19. 理想的休息场所

创造戏剧性 Joan Silber

Joan Silber，著有 *Ideas of Heaven*：*A Ring of Stories*，该书获 2004 年国家图书奖和短篇小说奖（Story Prize）提名。她的其他四本小说 *Lucky Us*，*In My Other Life*，*In the City* 和 *Household Words*，赢得了海明威奖（PEN/Hemingway Award）。她的作品被选入《欧·亨利奖作品选》和《手推车奖作品选》，并且发表在《纽约客》、《犁头》和《巴黎评论》以及其他杂志上。她获得过古根海姆基金会、美国国家艺术基金会和纽约艺术基金会颁发的奖项。她现在住在纽约城里，任教于萨拉·劳伦斯大学。

练　习

找三个人问一下：“在你身上发生过的最戏剧化的事情是什么？”

从中挑出一个答案，就那件事情写一个场景。

我之所以想到这个练习，是因为很多学生写的作品太呆板乏味。但是，这也引发了我的思考，每个人对“戏剧化”的理解又是什么呢？从术语上讲，戏剧是一种严肃的（而非喜剧的）剧作；戏剧需要在舞台上把情感表现出来，进而延伸出第二个意思，即高雅情感。在我朋友孩子的幼儿园里，他们常说“把这些小把戏留给你妈妈吧”，就连四岁的孩子都知道这是什么意思。

写小说的时候，作家的工作就是确保事件完全地戏剧化，有足够多的事件发生，从而我们能了解作家想要我们理解的意思。（作家也可能将事件过分戏剧化——可能行动太多而意义不足。）在写作工作室里，非常普遍的是，“什么最危险”的问题经常与“什么是戏剧”的问题紧密相连。听别人讲“戏剧化”的经历可能让人从一开始就提高危险性。答案可能是磨难、冒险、荣耀、屈辱、令人心碎等。

作家的工作就是确保事件完全地戏剧化，有足够多的事件发生，从而我们能了解作家想要我们理解的意思。

亚里士多德[①]常常思考戏剧的问题，他说，悲剧是对极其重要的行为的模仿，情节完整，通过表演使观众对剧中人物产生怜悯和恐惧，以宣泄情感。现代短篇小说在这方面有自己独特的方式。这个作业虽然只是个练习，意在提醒作家这一目的。这也可以把他们从自身的经验中抽离出来，未尝不是一件好事。

① 亚里士多德（Aristotle，前384—前322年），古希腊哲学家。他对悲剧的定义是：是对一个严肃的、完整的、有一定长度的行动的模仿；引起怜悯与恐惧来使这种情感得到净化和宣泄。

塑造人物 Mary Yukari Waters

Mary Yukari Waters，其作品分别入选 2002 年、2003 年和 2004 年《美国最佳作品选》、《欧·亨利奖作品选》、《手推车奖作品选》、Francis Ford Coppola 的《映画故事会 2》（*Zoetrope: All-story 2*）和 *The Pushcart Book of Short Stories: The Best Short Stories form a Quarter-Century of the Pushcart Prize*。曾获得过美国国家艺术基金会奖，她的小说在美国国家公共电台（NPR）《精选短篇小说》（*Selected Shorts*）栏目中和英国广播公司（BBC）电台播出。她的作品集 *The Laws of Evening* 入选 Barnes & Noble 发现新人项目。同时入选桐山奖（Kiriyama Prize）值得关注图书。《新闻日报》（*Newsday*）和《旧金山纪事报》（*San Francisco Chronicle*）将 *The Laws of Evening* 选为 2003 年最佳图书。她在加利福尼亚大学获得创意写作硕士学位，现居住在洛杉矶。

我曾经看过一部精彩的日本电影《下一站，天国》[①]，电影的前提背景是人死之后会有三天的过渡状态，在这三天里，从你的生命中挑选一个记忆带到来世，其他的记忆都被抹去。这部电影里有好几个人物，都试图从各自的记忆里选出一个。令我很吃惊的是，即使我仅仅知道他们最终选出的记忆，而对其余一无所知，我竟然也能很好地理解这些人物。

后来，我试图回想我最幸福的记忆是什么。一番认真思考之后，我意识到那绝不是一个很“显著的”时刻，比如毕业、获奖或参加大型聚会等。实际上我感到奇怪，是不是我把最幸福的时刻忘记了，因为它消失得太快了，和重大的、

---

① 《下一站，天国》（*After Life*），1998 年上映的一部电影，由枝裕和执导。故事场景设置在一个小站上，最近死去的人的灵魂在那里等着升入天堂。“天堂”在这部电影中，是指人一生中的一个记忆。

难忘的事情没有关联。

不管怎样，这件事启发我想出了一个练习。有时候，学生们在把一个平面人物变成立体全面的人物遇到困难时，我让他们做这个练习。

练　习

试着想想如果这个人物被迫进行选择，他会选择什么记忆。不要局限于很明显的事情，花时间好好想想。但没必要把你想的前因后果写在你实际的故事里。当你对人物性格发展无法取得突破时，可以把它当成补充。

这可以为你的人物提供新的视角，并且可以揭示出一些有趣的、你从未察觉到的情感层面。

按照他们的方式写作 Lise Haines

Lise Haines，著有小说 *In My Sister's Country*。她的第二本小说 *Small Acts of Sex and Electricity* 于 2006 年秋出版。她是爱默生大学驻校作家，作品曾获国际笔会/纳尔逊·艾格林小说奖（PEN/Nelson Algren Fiction Award）提名和帕特森小说奖（Patterson Fiction Prize）提名。她的作品发表在《犁头》、《阿格尼》和《邮政路杂志》(*Post Road Magazine*）等杂志上。Haines 现住在马萨诸塞州。

有一天，房东太太打电话，说给我安排了烟囱维修。这对我来说是个新鲜事。回想之前我住过的所有公寓，我没有一刻不为煤灰所扰。按这种思路下去，身为作家就会想起很多小事，脑海开始浮现一系列稀奇古怪的画面。在约定的时间，一个家伙会敲我刚刷过的门，在上面留下黑色的指节形状的印记。他可能会推开门走到客厅里，把他沾满灰尘的工具包扔到米黄色的地毯上，讲几个《欢乐满人间》[1] 里面的不雅笑话。然后一阵猛吃猛喝，把我提供的咖啡和茶点全吃光之后，开始工作，钻进烟囱的内壁，弄出的噪音不亚于运木材的卡车在刹车坏了下山时发出的轰隆轰隆的响声。他工作的时候，弄得屋子里灰尘漫天飞，飘到长沙发垫子上，留

① 《欢乐满人间》(*Mary Poppins*)，改编自 P.L. 特拉弗斯 (P.L. Travers) 的“玛丽·波平斯”系列小说的前两本：《随风而来的玛丽·波平斯阿姨》(*Mary Poppins*，1934) 和《玛丽阿姨回来了》(*Mary Poppins Comes Back*，1935)。“玛丽·波平斯”系列全套小说共有八本，最后一本《玛丽阿姨和隔壁房子》(*Mary Poppins and the House Next Door*) 于 1988 年出版。

在衣柜里，我都能看到。我所有的早餐麦片和薄脆饼干都会变质，并且连续几周都能闻到肮脏的野营地里一样的霉味。

真正打扫烟囱的人来了，我迎进来的竟然是一位非常规矩整洁的人，名叫戴夫。我看着他在地上铺上一块干净的塑料布，打开了一个机器，像是工业用的真空吸尘器。他有一套用旧了的刷子，像棒球游戏中的木槌一样整齐地排列着，还有一个袋子装满了黑色的软管，用黄铜挂钩连在一起。我没有看到令人讨厌的漫天飞尘，我还可以坐到书桌前做我自己的事情，我本来该感到很兴奋。

相反，我觉得很好奇。我问戴夫是否介意跟我讲讲那些不同刷子的用途。我还问他，晚上生了火，我想去睡觉时，可煤还烧着，我该怎么办。用水浇灭当然不是正确的答案。我想知道我是买扁的电源线好，还是买圆的好。还有，把松树枝砍了当柴烧堆在车库附近是不是合适。结果发现，像我接触的很多在某个方面的行家一样，戴夫非常乐意跟我讲这些。他讲得非常细致，还时有发挥，在这个信息时代，就是用最直接易懂的方法也不可能解释得这么详细。他把从事这个行业 30 年来积累的逸闻趣事都告诉了我。在我们简短的对话过程中，他给我修好了壁炉，我学会了很多如何防止烧着房子的经验，还得到了写一个短篇小说的足够的素材。

练　习

想象一个有专长的人，任何专长都可以。她可能擅长驾驶双体船，或者知道如何准备油画布。你可以找一个懂草药的人，或者一个知道修老房子的时候为什么有人选板壁墙而不选灰泥墙的人。你也可以只是打个电话给一个热心的亲戚，请他谈谈他烤蛋糕的技巧。

想象一个有某项专长的人，找到他，做一个随意的访谈。

然后，做一个随意的访谈。不论是见面还是打电话，最重要的是要刨根问底。提出很多问题，得到答案以后，再问细节。给你的访谈对象足够多的时间讲述他/她的故事。要做笔记。

一旦你坐在电脑前或者手上有笔记本，用简单的、描述性的句子写下你学到的10件事。检查一遍你列出的这10件事，挑出一句最有意思的话，作为一个短篇故事的开头。领会那个需要传达信息的人物。现在以那个人物的口吻写一篇故事，用第一人称，以那句话开始。

在写作工作室

我让学生们自己找伙伴。两人一组，给他们五分钟的时间来采访对方，讲一件他们做得特别好的事情，除了写作。采访完之后，围成一个圈。每个人介绍他采访的那个人，并且告诉大家关于采访内容他学到了什么。很快，我们了解了工作室里的每一个人，知道了共同的兴趣，大家都放松了。学生们变得自信起来，因为他们都展示了某种特长。

接着，作为课后作业，我让学生们回家采访父亲/母亲或者一个成年的亲戚，问他们在某个方面的特长。学生把这些信息带回到课堂上，根据他们的发现做口头报告。

这就形成了一个写作练习：运用你学到的细节，即某件事情该怎么做，写一篇一页纸的故事。我们讨论运用具体细节写故事的好处。我们探讨为什么人物在谈话时拿着一个通用扳手或者一个人造的球状关节更有趣，而不是始终不变的手里端着一杯咖啡。

这个练习也带来了附加好处，我的大多数学生都很吃惊，学会了他们原来不知道的事情，或想到了父母或亲戚身上原来他们不了解的特长。用这种直接与体验的方式，可以阐明人物的复杂性。

我告诉学生：如果有两个作家，其中一个的头受伤了，你可以很确定，打急救电话的那个人肯定会这样问：

> 当管子朝你的头部砸下来的时候，你脑子里在想

什么?

并且答案会是:

你知道这种管子是用在铅锤上还是电器上?如果当时手上有把尺子,我真想量一下它的直径。

错综复杂的时间 Cai Emmons

Cai Emmons，出版有两部小说，*His Mother's Son* 和 *The Stylist*。在写小说之前，她是个剧作家。现在俄勒冈大学教创意写作。

小说的乐趣就像窥探的乐趣，当没人的时候，你偷偷进入别人家里，通常是禁止入内的私人场所，在那里到处胡乱翻腾。你可能会发现难得一见的物品：情趣内衣、私藏的垃圾食品、旧杂志、法院传票、不雅照片、纯情诗、性玩具，有趣的甚至是滑稽的恋物迹象、癖好、迷念、成就感或者羞耻感的根源。

在小说里窥探能让你走得更深入，直抵人的头脑和内心。它能带你进入我们每天都在猜测却从不了解的地方。在小说里，我们能够了解人物在想什么——并不是在所有的时间（如果那样的话，这个小说该有多拖拖拉拉！），而是重要时刻人物的想法。我们也能够了解人物的感受，当然不是每时每刻的感受，而是知道人物的感受能够表现出来、并明确故事目的的时刻。

正是因为能够看到人物的内心和思想，我才读小说、写小说，但是把人物的思想和感受写得淋漓尽致并不容易。首先，必须充分了解你的人物是怎么想的，这是个挑战。她大脑里的想法是转得很快，从一件事很快地跳到另一件事上，还是很散漫？是否围绕着一个想法翻来覆去地想？是否依然徘徊在过去的事情和关系上？是不是长期沉湎于对未来的恐惧或幻想？是否领悟了“活在当下”的妙处？

下面的练习是个好机会，锻炼你将注意力集中在人物是如何想的，尤其是集中在他/她是怎样体验时间的。这能帮助你开始描绘人物的精神图景。

这个练习能帮助你深入了解、鉴别人物，探索人物的**思想过程**。对于学习把一段说明灵活地编织成一个故事也很有用。

我们都生活在复杂的、交织在一起的三个时间段里：过去、现在和未来。在任何一个既定的时刻，我们的思想都在不断移动，从一个时刻的重点转移到我们期待接下来会发生的事情上，转到最近发生的事情或依然萦绕在我们头脑中的遥远的过去。通过对人物与这三个时间段关系的分解或创造，作家能够更深刻地熟悉自己的人物。

小说的乐趣就像窥探的乐趣。在小说的窥探里能走得更深入，直抵人的头脑和内心。

练　习

选一个要写的人物，可以是已经认识但还想了解更多的人。用他做中心人物来写四段文字。

第一段，你的人物正在进行某个动作（准备做饭、寻找丢失的东西、要动身去约会等）。如果给你的人物安排一个问题或冲突，会让你收获更多。

现在，让你的人物继续进行这个动作。第二段描述这个人物正在想象他将来要做的，或会发生的事情。

第三段，仍然以现在正在进行的动作为出发点，描写这个动作使他想起了过去的一些事情。

第四段也就是最后一段，在你的人物正在继续或者完成这个动作的时候，加入前瞻和后顾的因素。继续写下去，让不同时间段的转换感觉连续而流畅。

对 话

窥探对话的秘密 Steven Schwartz

Steven Schwartz，著有两部短篇小说集：*To Leningrad in Winter* 和 *Lives of the Fathers*；两部小说：*Therapy* 和 *A Good Doctor's Son*。他的小说获得了纳尔逊·艾格林奖（Nelson Algren Award）、舍伍德·安德森奖（Sherwood Anderson Prize）、美国国家艺术基金会奖和两次欧·亨利奖。现在科罗拉多州立大学教创意写作。

对话的秘密在于：它是用眼睛读，而不是用耳朵听的。读对话比听要理解得更快。因此，虽然说出来的对话可以激发兴趣、引起好奇、新鲜生动，但也可能冗余、累赘、模棱两可。这一类“嗯”、“呃”、“你知道的”、“像”等的话会放慢阅读的速度，就像现实对话中很多的重复和语气词一样。另外，鉴于现实中的对话在于交流信息，小说中的对话则必须创造人物、张力和紧迫感，同时也使布局紧凑：一个很长的、对话过多的段落，后面再接着另一个人物的类似的独白，不会被删掉。

小说中的对话则必须创造人物、张力和紧迫感，同时也使布局紧凑。

下面这个练习能帮助作家发现现实的谈话和小说对话之间的异同。

练　习

在公共场所，不要被人注意到，从至少五段不同的对话里收集十五行对话（即每段对话不超过三行）。然后从中选出十行，写成一个连贯的、可信的场景。为了使其紧凑合理，你可以自由加入自己创造的故事叙述和对话。

对比你听到的对话和你创造的对话，在节奏、人物刻画、内容、特征和共鸣上有什么区别？想想你为什么选择了这些对话，而不是其他的。

最后，用这个场景或其中一个片段，构思一个新故事。

无言的对话 Sands Hall

Sands Hall，著有小说 *Catching Heaven*，该书入选 Ballantine Reader's Circle 选集和 *Tools of the Writer's Craft*，这是一本关于散文写作及其练习的书。她创作的剧本包括改写的 Louisa May Alcott 的 *Little Women* 和戏剧 *Fair Use*。毕业于艾奥瓦大学作家工作室，并同时获得表演方面的硕士学位。她作为导演、演员以及剧作家的经历为她的写作提供了独特的视角。加利福尼亚州内华达市富特剧团（Foothill Theater Company）的加盟艺术家，并且在很多会议和作家班授课，包括加利福尼亚大学戴维斯分校的推广项目、斯阔谷（Squaw Valley）的作家社区和艾奥瓦夏季写作节。

我做过剧作家、导演和演员，这些经历让我很注重人物沟通的频率和质量，即使在他们相互之间没有说话时。我们所说的对话也可以通过手势或动作来传达，以一种没有说出来的方式、以动作而不是说话来传达。在人物说话之前（或说话当中），通过仔细选择人物所处的场景和正在进行的动作，很多事都可以完成。读者能从这些细节中获得许多关于人物的信息。了解每个人物想要什么也很重要，因为没有一种强烈的需要，或有所获或被否认，一个场景是没有意义的。

练　习

这个练习刚开始很让人痛苦，但一直以来我的学生们都告诉我，通过这个练习他们认识到，在场景交流中，他们太依赖语言了。一个典型的反映是：“因为我的人物不能彼此对话，也不能以内心独白的方式表达自己，所以，我不仅学习了解了对话，也学会了‘表现’和‘叙述’之间的区别。”

做一个揭示真相的对话写作练习，但不要随便用任何对话。

开始：写一两句话，描述你想要探索的人物之间的紧张情绪。这样做非常有用：他们每个人想要什么？

表现出人物 A 在某个地方做某件事情。人物 B 可能已经在那个地方，或可能进入那个地方。不管哪种情况，B 有强烈的需求或愿望——有一件事她要声明。B 打断了 A，或者加入 A，A 也有一个目的——他正在做的某件事情，以及（或者）他想说或不想说的某件事情。两个目的的冲突是场景的一个重要元素。

举例：

瑞克正在研究，想给他电脑装一个新的 ZIP 驱动器。他需要这样做，因为他的电脑不断死机，而一个主要的程序已经过期。这时，和他分居的妻子米兰达进来了，找他要一百美元，这是三个月前他们去荷兰时，在“庆功宴”上他许诺的金额。但是她知道，直截了当地跟他要钱肯定不行，于是她采取间接的、一言不发的方法：帮他收拾工具，找机会触摸他，悄不做声地得到她真正想要的东西……所有这一切都在她开口跟他说话之前。

或者：

两个人在床上。房间的布置、床单的状态、他们的动作——打开窗户，换上拳击短裤或者睡衣，一个拥抱或抚摸，或没有这些——都能够透露出至少一个人物的某些信息，和此时此刻对他或她意味着什么。

注意场景和动作的选择与应用，这样，你的读者能够发现至少一个人物（即使不是两个人物）的某些重要信息，因为你是展现给他们，而不是告诉他们了。

不要用对话。这个练习是用场景和动作与读者交流，而不是人物的对话。这可能让你痛苦，并且能让你有很多想法，想一旦有机会你会让他们说什么。同样，不要告诉我们他们会说什么。这个部分的努力是为了探索不用语言怎么交流。

同样，避免使用“阐述性”的内心独白。内心独白是一种将场景的内容告诉读者而不是展示给他们的方式，在这里要避免。人物可以思考或者反思，但是，这不是为了传达紧张情绪或她对紧张情绪的看法。

所以：**不用对话**。用不超过 300 字，让读者明白两个人物之间的关系：方法是说明我们在哪里发现了他们、他们正在在做什么，以及彼此如何互动。

聆听声音 Lon Otto

Lon Otto，出版了两本短篇小说集：*A Nest of Hooks* 和 *Cover Me*。他的作品发表在 *Flash Fiction*，*Townships*，《美国小说》（*American Fiction*）和 *Best Words, Best Order*。从 1997 年以来一直在艾奥瓦大学夏季写作节教授小说写作技巧。明尼苏达州圣保罗市圣·托马斯大学的英语教授，讲授写作和文学。

在小说中，对话是最直接的要素之一。当我们听到某个人的声音时，此时此地他立刻就出现在我们面前。我们有身体接触，真实时间和叙述时间步调一致。还有，一栏简短的对话顺着左边一直下来，要填满一页纸当然没有比这更快的了，虽然这不是使用对话的最好动机。要向读者传达基本的情节信息，这种想法也不是使用对话的最好动机，因为这样经常会使对话显得被动、做作，人物很不自然地讲着他们打算做什么，提醒对方发生了什么。我认为，大多数好的对话都是由人物和场景的独特性决定的。

下面的练习旨在强调这些动机。它开始于聆听——听现实中的谈话，同时也要在阅读已经出版的小说中学会聆听其中包含对话的段落。要培养出听对话时的敏感性，需要注意力高度集中和近乎粗鲁的语言求知欲。

练　习

准备

开始听人们怎么说话。无论是在工作中、餐馆里或公车上，都要养成聆听别人说话的习惯。悄悄记下让你印象深刻的特殊的或揭示性的对话。反复大声朗读故事中在你看来运用极为有效的那些对话段落。注意对话运用的时间和方式。找出最有效的对话所具备的如下特征：

- 听起来很自然——就像人们在日常谈话一样。认为通过摆脱语法和句法规则的限制对你写作的影响，避免使用复杂的、整齐划一的句子结构就能达到，这是一种错觉。
- 感觉起来是人物和场景推动其发展，而不是为了向读者传达情节信息而设计的。
- 和内容情景交融而不是机械地进行。它不一定必须按照逻辑顺序（问题后面跟着答案，观点后面跟着同意或不同意），也不用始终围绕同一个话题，或很明确地说明从一个话题转到另一个话题。

包含手势和其他身体语言。

包含某种张力。

独特而惊奇。

写作

描写一个新的场景，其中两个人物在谈论第三个人物。用最基本的语言，没有任何标志讲话者变化的修饰语，尽量使场景生动、自然。不要评论他们说话的**方式**。尽量给我们一种三个人物各不相同的感觉。你自己要清楚对话发生的地点，还要考虑它对人物说什么话所产生的影响。尽量将上面列出的特征包含进去，越多越好。

对话练习：从非道歉开始 Thomas Fox Averill

Thomas Fox Averill，欧·亨利奖获得者，出版有两部小说：*Secrets of the Tsil Café* 和 *The Slow Air of Ewan MacPherson*。他的作品还入选了三部短篇故事集：*Ordinary Genius*，*Passes at the Moon* 和 *Seeing Mona Naked*。现为托皮卡的沃申伯恩大学的驻校作家。

身为一名作家，我特别喜欢对话练习，因为我经常通过用耳朵听来进行创作。我能听到人物对自己说了什么，人物之间说了什么。我有了声音和互动感之后，会创造出场景和戏剧行动来配合给我灵感的声音和对话，从而了解人物和可能的情节。我的小说《咖啡馆的秘密》和《缓慢的空气》以及我最近的文集《普通天才》里的故事，经常把对话作为戏剧冲突、情节以及深入理解人物和意义的关键部分。

对话除了能激发灵感，还是把读者吸引到一个故事里的有效方法，因为它能使读者很快地理解人物和冲突。对话要发挥好的作用，需要包含内在的张力和冲突。对话还要揭示出张力和冲突的来由：它的来龙去脉，即一些作家所谓的“背后的故事”。

我发现，道歉（并不是为一件事道歉，而是我称之为“非道歉”的道歉），是确保我和学生们戏剧性地开始一段对话的极好方法。并且我相信，小说是我们生活的镜子，至少作为一个起点来说如此，所以我对生命中所有的非道歉都予以承认（我的学生们也坦白他们的非道歉）。

这个对话练习可以一个人做，也可以两人一组来做，最好能在教室或工作室里这种大家可以一起讨论的地方进行。

练　习

以“对不起，但是……”开始，以非道歉的方式继续下去，从一个人物到另一个人物，引出尽量多的场景。

如果是两人一组进行练习，那么一个作家以“对不起，但是……”开始，另一个作家要对他后面说的内容作出反应，无论他说什么都不要有任何预先提示。假设有人写道：“对不起，但是我昨天已经告诉你了，绝对不要跟我顶嘴。”另一个作家必须做出判断，这个对话发生在父母和孩子、丈夫和妻子、男朋友和女朋友，还是老师和学生之间，或者有其他的可能性。作家还需要判断，假如一个人和他顶嘴了又会怎么样。每个作家都对对方的话作出反应，然后一起以对话的形式创作一个故事。

一旦写了差不多15分钟，作家就要把这些对话片段大声读出来。这些对话在作家采取的策略方面大致相同：掩盖愤怒、反对指责、要求为别的事情道歉、态度冷淡保持距离，然后解决问题。这也是很好的对话练习：不断加强、重新确定，并令你自己和读者惊奇。

我建议，在开始之前读一些好的对话。有两首诗很好：威廉·卡洛斯·威廉姆斯[①]的“要说的就是这个”开头坦白他从冰箱里拿了李子吃。他的非道歉出现在最后几行，他写道：“它们（李子）……很甜，很凉”。肯尼思·费林[②]的

---

① 威廉·卡洛斯·威廉姆斯（William Carlos Williams，1883—1963），美国诗人。

② 肯尼思·费林（Kenneth Fearing，1902—1961），美国诗人、小说家。

“爱，第二十个四分之一英里的第一段”以道歉开始，道歉的原因是撒谎，把事情弄得“尽人皆知”，指责恋人奢侈浪费，品位不高，并且诋毁“你的一些朋友”。但是他后来却恳求原谅，对恋人一往情深，并意识到她应该接受他的道歉回到他身边，那么一切都有可能重复发生。教师和学生一旦知道了这个练习，还可举出很多其他的例子。

对话的等级 Douglas Unger

Douglas Unger，著有四部小说，包括 *Leaving the Land*，该书获普利策奖提名，并获得米德兰作家协会奖（Society of Midland Authors Award）。他近期作品有 *Voices from Silence* 和一本短篇小说集 *Looking for War and Other Stories*。他是内华达大学拉斯韦加斯分校创意写作国际项目的联合创始人，并且在国际现代文学研究院（International Institute of Modern Letters）的行政委员会供职，这是个在全世界范围内扶持文学艺术的组织。

生活中的对话大多数情况下通常都是交易，是一种在口头交流的表面下隐含着欲望和意图的交换。在小说中，对话中的语言应该高度精练，比日常谈话要强烈得多。就像我的朋友吉姆·海聂所说："在故事中，最能让小说家感觉到他在像诗人一样工作的那部分不是描写或叙述，而是对话。"已故的伟大作家雷蒙德·卡佛曾经说过："好的对话可以用来体现人物的意图。"

经过多年教授和应用不同的对话技巧，我把它们分成了四类，同时始终记得对话没有固定的规则，并且很多精彩的故事都是多样的，在生动的场景里结合了所有语言类型。

第一类是"公开式对话"，由平淡的、没有任何修辞的词语组成，例如在会议上或打招呼时说的话，与表演课上的"公开场景"相似。

第二类是"信息式对话"或"第一级"对话，交流事实、故事发展和情节信息，主要用于故事最初的结构安排。

"省略式对话"或我称之为"第二级"对话，有赖于留下一部分话不说或者漏掉句子的重要部分，从而使句子不完整，需要由读者的想象力来补充。

在故事中，最能让小说家感觉到他在像诗人一样工作的那部分不是描写或叙述，而是对话。

“第三级”或者“反对式对话”是最后一类，根据人物的意图颠倒语言的字面意思或与之相反。一个故事越快达到“第二级”或“第三级”对话，对我们的想象力要求越高。

练 习

第二级对话

1. 描写一个场景，就像常见的那样，一个女孩告诉一个男孩她怀孕了，A 是女生，B 是男生，他们是男女朋友。假设 B 很高兴地期待这个消息，但是 A 很不高兴，因为她有种强烈的感觉，必须要承认她怀的这个孩子可能不是 B 的。

不要让他们俩任何一个人提到怀孕。让每一个人物听到对方的话之后猜测并补全对方的话。

2. 编一段送礼物的对话，其中 A 是父亲或母亲，B 是孩子。桌子上放着一个包装好的礼物。B 期待盒子里装的是他一直想要的小折刀，但是 A 很高兴地挑选了一支很昂贵的钢笔，这是她在 B 这个年纪时一直想要的礼物。描写打开礼物包装的场景，两个人物谁也不要提到小折刀或钢笔。

试着多变换几个场景，你可以自己选择礼物：胶底运动鞋而不是时尚跑鞋，深海钓鱼绕线轮而不是飞钓鱼线轮，各种不同的书等等。

3. 犯人 A 被 B 从监狱里释放出来，但是 B 既不是警察也不是典狱长，B 领着 A 走过一段漆黑的走廊。A 认为这是执行死刑前的最后一段路。B 暂时让 A 这么认为。在走到大厅尽头之前，B 告诉 A 他要被释放了。让这一场景继续下去，直到走廊尽头的门被打开。不要让任何一个人物提到死亡或执刑，也不要提到自由。

在做这些练习的时候，要塑造对话，从而使人物能注意到说了一半的话并作出反应，或者补全对方所想。尝试让一个人物“加快”或者打断另一个人物的话。找出至少一个时刻，人物的意思不是通过讲话而得到了最好的表达。要尝试写作时用不同的手段表示沉默。

为了学习第二级场景的大师级的例子，请研究亨利·詹姆斯[①]在《螺丝在拧紧》中第21章接近尾声的地方写的家庭女教师和格罗斯太太之间的对话，以及曼努埃尔·普伊格[②]的《蜘蛛女之吻》中第14章描写的瓦伦丁和莫利纳的温柔的爱情场景。普伊格的很多色情场面都是无声的，通过破折号和省略号等表示的停顿来激发情节。沉默和停顿是第二级对话的技巧。

第三级对话

每一个练习的意义在于：使场景中的人物要么直接从反面，要么从一个很极端的角度表述他们真正的意图。例如，某人可能这样反讽暴风雨天气，“这天气去野餐多好啊”，或者司机因为遇上堵车，想给刚上车的乘客道歉，“我们走的这像是观光旅游线路啊”。

文学作品中一个精彩的例子是欧内斯特·海明威在《太阳照常升起》中结尾用的杰克的第三级台词：“这样想想不是很好吗？”或者研究海明威的《白象似的群山》[③] 中的那个女孩感觉很糟糕的时候，却说她感觉“好”，并且很讽刺

① 亨利·詹姆斯（Henry James，1843—1916），美国小说家，后入英国籍。《螺丝在拧紧》是他的著名短篇小说。

② 曼努埃尔·普伊格（Manuel Puig，1932—1990），阿根廷优秀小说家。

③ 《白象似的群山》（*Hills Like White Elephants*，1927），海明威的短篇小说。故事讲述的是一个美国男人和一位姑娘在一个西班牙小站等火车，男人设法说服姑娘去做一个小手术。

地用“高兴”这个词。第三级对话有时也可以是误解，或者人物就像生活中很多人一样，不能很好地听对方说话。

1. 两个朋友 A 和 B 在郊外走了很远。没想到遇到了极其恶劣的天气——大雨、热浪、冰雹等。当初是 A 提议出来散步。B 对此心情烦乱，向 A 抱怨他的痛苦感受，但是说出来的话却与自己的想法和感受恰好相反。

2. A 和 B 是热恋中的情人。在做爱的时候，他们玩一个游戏，向对方描述自己最大的乐趣，但是不要说出自己真正的感受，而是说反话。

3. 描写一个场景，其中一个年轻的士兵 A 刚从战场上回来。B 是这个士兵的情人，迫不及待地让 A 讲战争的故事。A 对 B 的问题反应很极端，用音乐的、运动的、国外旅行的以及从书本中学到的语言来敷衍。

情节和节奏

小说的构成要素 Dan Chaon

Dan Chaon，其短篇小说集 *Among the Missing* 获国家图书奖提名，该书同时被《纽约时报》、《华盛顿邮报》（*The Washington Post*）和《出版人周刊》评为“值得关注图书”。他还著有短篇故事集 *Fitting Ends* 和小说 *You Remind Me of Me*。目前任教于欧柏林大学。

通常，我们想起故事的情节发展，就是开始、中间和结尾，向前推进和解决问题。这确实是很有用的模式。同时，故事并不仅仅是二维的三角形，我喜欢加拿大优秀作家爱丽丝·芒罗这样形容她的短篇小说：就像一幢有很多房间的房子，你可以随便进入任何房间，不必要提前定下顺序。这样把短篇故事比作房子，有时是很有用的。它由各种各样的“房间”组成，而其他的“建筑”特征也发挥各种各样实用的和美学的功能。

下面我列出一些基本的构成单位，都是我认为写短篇小说时有用的。

练　习

做这个练习，你要写很多部分，每个部分不超过两到三段。你可以根据需要安排这七个部分。

A. 写一个部分，介绍人物在生活中的某种冲突、需要或紧张。这个部分可以短得只写一句话。其目的是创造一种故事的悬念或推动故事向前发展。

就像一幢有很多房间的房子，你可以随便进入任何房间，不必要提前定下顺序。

B. 写一个部分，描写故事的背景。在我看来，背景不只是简单地指风景或地点。相反，背景是一个更广泛的概念，指的是在某个层面、在一个特定的地点、时间和时刻，故事发生的这一事实，可能包括对人物所处的世界进行的社会学研究，人物的社会经济地位、年龄、种族、阶级和性别等细节，尤其是这个人物是否意识到了他生活中的这些因素。故事应该发生在与叙述者/人物有某种关系的地方。

C. 写一个部分，描写人物每天的生活习性。要勾画出真实、清晰、可以识别的现在，同时又与过去和可以推测的未来之间存在一定联系的状态。人物整天做什么？她的习惯和乐趣是什么？作家应该表示出，人物存在于可以识别的现在状态，同时又与过去和未来存在联系。过去和未来不需要很明确地描绘出来（虽然经常是必要的），但它们应该在故事中出现，只是作为一种意识存在就行。做到的方法很简单：你现在置身此处。你曾经在那里。某一天你会在其他地方。

D. 写一个部分，描写人物的性格发展，用对话写，同时穿插描述和总结。考虑小说中赋予人们特色的不同方法——身体的描写、手势、历史背景、对话、想法和行为，其他人对这个人物的评价，甚至对他的名字的看法。

E. 写一个部分，描写人物对世界的某个方面感到害怕、怀疑或恐惧，将这个方面戏剧化。原因可能是人物对世界的看法不正确。她可能从未得到过她想要的东西。也可能是有其他的生活道路，比他已经选择的道路更加有趣、重要而真实。你的人物所想象到的各种坏事情在这个世界上都存在，并且都在等着他。

F. 写一个部分，唤起一个特别引人共鸣的、对这个人物很重要的意象。只是对它进行生动的描写，不要解释这个意象为什么重要或者是什么意思。

G. 写一个部分，用戏剧化的场景，避免总结，来展现人物正在进行某个很重要的行为。

如果你把这些部分都写完了，你就把一个故事的框架写出来了。或者你还没有。但不管怎么说，这是我写故事时用到的一些要素，并且我认为这很有用，有利于你把故事分解成片段，用来考虑哪些要素对你的写作很重要。还有没有你会漏掉的要素？有没有你想加上的“片段”？

保持引擎运转 Renée Manfredi

Renée Manfredi，阿拉斯加大学费尔班克斯分校的英语副教授，教本科生和研究生创意写作。她的短篇故事集 *Where Love Leaves Us* 获艾奥瓦短篇小说奖（Iowa Short Fiction Award）。她还著有两部小说：*Above the Thunder* 和 *Running Away with Frannie*。曾获得美国国家艺术基金会奖、手推车奖，并在《格兰塔》杂志举办的 40 岁以下的作家比赛中，赢得地区性美国最佳小说家荣誉。

对很多刚开始写小说的作家来说，节奏似乎是个问题。他们在安排人物做事情上存在困难。作家是善于沉思的人，从他们的人物中也能反映出来。偶尔，我会在写作课上遇到一些对节奏特别痴迷的年轻作家，用七到八页纸来写离婚、不孝顺、滥用精神药物、一两起车祸。但是，大多数情况下，节奏有问题，都与不爱活动的惰性有关。

这里有个练习，是我最初布置给这样一个学生的：他写了 11 页，他的人物也没能从游泳池里出来。我把这个练习用在了随后的写作课上，收到了很好的效果。

练　习

在这个练习中，你的任务是安排两个人物，坐在一辆小汽车或卡车里，指派他们去完成一项特定的任务。这两个人的性别、年龄和关系不限，可以是丈夫和妻子、妈妈和儿子、孕妇和助产师等。任务可以是跑腿的小差事，去一趟杂货店，开车在附近寻找走失的狗，去一趟工艺品店给毛绒玩具泰迪熊买玻璃眼球（参见上面说到的孕妇），或到五金店买变光器等。

下面是一些规则：

1. 司机始终没有熄灭引擎。

2. 在旅途中间，他们必须至少停车**五次**——去洗手间，买饮料，加油，检查轮胎的胎压等等——并且**每次**停下来，他们必须至少与另一个其他人进行交流。注意：这五个人在这个故事中并不需要，也不应该用相同的篇幅来描写。例如，你可能会发现第三次停车中遇到的那个人占了大部分的叙述时间和篇幅，而其他人却显得没那么重要。

3. 他们将到达不了目的地。

4. 整个故事发生在车里或车周围。

这两个人物在路上与这五个人的相遇，如何增加了乐趣或破坏了这次行程？在当天受到了这些其他人物的影响之后，你最初的两个人物对彼此的态度和表现有不同吗？

这个练习的目的是让你的故事一直发展下去，并且向你说明，故事的起因很少是真正的故事本身。

即兴重复 Fred Leebron

Fred Leebron，北卡罗来纳州夏洛特皇后大学创意写作硕士学位项目主任，宾夕法尼亚州盖茨堡大学的英语教授，曾任马萨诸塞州普罗文斯敦艺术中心主任。他的小说有 *In the Middle of All This*，*Out West* 和 *Six Figures*，其中改编的 *Six Figures* 是多伦多电影节上的首映电影。他获得一次手推车奖，一次 Michener 奖，一次斯泰格纳奖（Stegner）和一次欧·亨利奖。他还合编有 *Postmodern American Fiction：A Norton Anthology*，以及合著 *Creating Fiction：A Writer's Companion*。

11 年前，我和一名电影演员合作，帮助他修改他正在努力完成的一部小说。这本书尽管情节仓促，毫无疑问感情也很复杂，但是脉络却非常清晰，我感触颇深。这本书成功描写了一名演员和歌手之间不对等的恋爱故事，随着演员的愤怒日益加剧，我对这本书更是爱不释手。

很明显这本书很短，但它确实很紧凑，而且很可信。问题在于如何能让它的内容变得更加丰富，而不削弱它的重点及其惊人的力量。

我提出这样一个想法，作家应该尝试用另一种结构来写故事，超出演员与歌手之间的爱情。我建议作家再多下工夫，唤起演员对自己母亲的复杂情感。我还推荐他尝试利用声音的“即兴重复”，这样演员就能够写到一些与故事主线无关紧要的事情。

作家使用这个策略，出色地完成了工作，因为他用同样的即兴重复方法探索了人物的其他方面，因此，这本书在篇幅上几乎翻了一倍，故事也变得巧妙复杂。

练　习

用一篇你正在写的故事，重点描写里面的一个声音，让这个声音偏离主题，想一些与故事主线毫不相关的事情。例如，如果你写的是一个爱情故事，就通过第三人称内心独白，或第一人称内心独白的方式，让其中一个人物偏离主题，"陈述"他有多么喜欢或讨厌他现在的工作。或者让她想起父亲第一次带她出去吃冰激凌的情形。

这样做的目的是充分展示人物，用一种轻松、明快的方式写作。这当然不能成为故事的一部分，因为它与主要情节毫不相干。但是，谁知道呢？一旦写出来，你可能也会找到它的用武之地。

即兴重复是指偏离音乐的主调，偏离歌曲本身，从而拓宽、深化音乐的表现力。

这个术语来自于音乐，尤其是与爵士乐有关——即兴重复是指偏离音乐的主调，偏离歌曲本身，从而拓宽、深化音乐的表现力。

用故事板呈现故事 Brent Spencer

Brent Spencer，著有小说 *The Lost Son* 和短篇小说集 *Are We Not Men?*，该书被《村声文学副刊》（*Village Voice Literary Supplement*）评为 1996 年最佳书籍之一。他在斯坦福大学获得了华莱士・斯泰格纳奖，是斯坦福大学教创意写作的琼斯教席讲师（Jones lecturer），还获得了詹姆斯・米切纳奖（James Michener Award）。他的短篇小说刊登在《大西洋月刊》、*GQ*、《美国文学评论》、《时代》、《密苏里评论》、《麦斯威尼在线》（*McSweeney's Online*）和其他一些刊物上。现在奥马哈市的克雷顿大学教授创意写作。

写小说最难的事情之一就是有整体概念。作家需要一种方法站到故事背后，来识别、讲述故事的规模、方向和发展。如果作家的视线仅仅盯住词语、对话、修辞或小说写作的其他方面，他就很难发现故事的问题所在。这个练习能帮助你以全新的方式来看你的故事。

拍摄电影的人在电影进行拍摄之前，经常把剧本以故事板的形式呈现出来。故事板就像连环画一样，用一套绘画来表现每一幕的关键时刻。故事板能够提供故事的整体观，这正是小说作家所欠缺的。

练　习

试着用故事板把你的情节表现出来。压缩故事，使其能用三四个卡通漫画板呈现出来。每个画板需要描述一个关键动作、转折点或故事中的变化时刻。你觉得不可能？也许吧。你的故事可能太复杂，没法压缩成这样。但不管怎样要尝试一下。即使不成功，这样的努力也能帮助你发现故事的核心，从而明白该怎样修改。

作家需要一种方法站到故事背后，来识别、讲述故事的规模、方向和发展。如果作家的视线仅仅盯住词语、对话、修辞或小说写作的其他方面，他就很难发现故事的问题所在。

例如，你怎样用故事板呈现《小红帽》呢？

第一张可能是，小红帽的妈妈让她带点心到外婆家。

第二张可能是，在树林里，她和大灰狼的对话。

第三张可能是，大灰狼赶在小红帽之前到了外婆家。

第四张可能是，小红帽在“外婆”床边，就要被吃掉（或已经被吃掉，视版本而定）。

第五张可能是，守林人救了她。

你的选择可能会稍有不同，但是你会发现通过这种形式，故事的核心（即故事的主干）变得更加明确。另外还要注意，这么简单的故事都需要五个画板，而是不止三四个。或者，你能在不遗漏任何关键时刻的前提下，将故事减少到四个画板吗？

当然，短篇小说的故事比寓言更加复杂，但是这个技巧可以帮助你发现你作品的问题。故事有太多场景，就需要有一连串画板。故事太短，就只有一段长对话，用故事板呈现出来，就好比两个说着话的脑袋出现在画板里。

要想检查出故事发展方面的问题，确保中间场景不可交换，就把你的画板打乱，然后再重新安排。故事是不是和原来差不多一样？不一样的话就有问题了。注意看小红帽的故事，画板就不能重新安排，否则故事就被破坏了。

故事板能够帮助你看出故事可能太长或太短。可能会揭示出，故事的结局其实就是开头，或者某个人物（或者更多！）对故事的核心主线并没有真正的作用，完全可以删掉。可能会表现出事件的顺序组织得并不那么紧凑。

故事板可以帮助你，不仅仅把故事看作一系列词语的集合，而是对人物、他们的动作以及动作顺序的描写。并且这样做也很有趣。

注重结构 Sean Murphy 和 Tania Casselle

Sean Murphy，其小说 *The Hope Valley Hubcap King* 获得海明威处女小说奖（Hemingway Award for a First Novel），并且在 2003 年的 Book Sense 76 排名中有专栏介绍 。他还著有 *The Finished Man*，*The Time of New Weather* 和 *One Bird，One Stone*。

Tania Casselle，自由作家。她的小说刊登在短篇小说集 *Harlot Red* 以及很多杂志上，包括《南达科他评论》（*South Dakota Review*）、*Carve* 和 *The Bitter Oleander*。

Murphy 和 *Casselle* 在创意写作硕士项目任教。

对许多学生来说，不管是写小说还是创作非虚构文学作品，始终都存在一个挑战。这就是找到最适合讲这个故事的叙述结构。

这里有个练习，分两个部分，能加强对结构发展的推动力，或许能开拓出新的可能性。

练　习

第一部分：叙述发展

这个练习就像做自由写作练习一样，根据一个不断扩大的主题不断加大篇幅。就每一个提示写两分钟，最好找个定时器给你计时。记住要一直写，不要修改。每一项写完之后，继续下一项接着写，不要停下来。你会产生很多想法，但是你对此可能没觉察到。每一项可以尝试不同的角度，多写几次。不要受“故事”这个词的蒙蔽。这不仅仅适用于小说，还适用于任何叙述形式，小说、回忆录、非虚构文学创作甚至新闻报道。

- 告诉我们你的故事从哪开始。
- 告诉我们你的故事里所有事情都取决于什么。
- 描述一个时刻，一切都发生了变化。
- 告诉我们什么使事情变得复杂。
- 告诉我们在哪里一切都结束了。
- 你的故事中每个人想要的是什么？
- 你的故事中每个人害怕的是什么？

第二部分：叙述弧线/结构和流动

这个部分是专门为那些拼命“组织”叙述的人准备的，不管是写小说还是非虚构作品。或许你有很多自由发挥的东西、大量的素材、笔记和场景等，并且正试图将这些东西整理出头绪，以便正确描写直接的行动、反思、退让、背景故事、人物介绍、报告总结、陈述事实等。或许你想使故事或情节继续向前发展，使节奏和不断变化的情节保持一致，而不是一次插入连续数页的反思；或者相反，你想要中断主要情节，使故事的节奏慢下来；或许你并不确定你串联的顺序对构建叙述弧线是否有用。

所以，拿出一叠标准尺寸的便利贴。在每张纸上，写下一个你认为必须写进故事中的具体的场景和事件，或者你想探索的具体想法、背景故事、倒叙或前插、描写、事实或任何类似的内容。记下几个总结性的词语，提醒你上面指的是什么。每个便利贴只写一个方面，然后把它们分类，分得越细越好。你可能有一篇很长的反思，现在已经有 20 页了，但如果你仔细想想，会发现其实只包含了三个不同的方面，那么你就可以每张便利贴上写一个。

给自己 15 分钟的时间，写下主要的内容，不要指望把每件事情都写进去。限制时间这一简单的做法是让你知道，你马上就能写下来的那些想法或许就是你写作中要用到的最重要的部分。

然后，试着把它们排好顺序。你应该知道开头是什么，结尾是什么，然后把它们拼在一起。在符合故事发展的地方，插入一些事情，找到表现和叙述、直接动作和反思、使故事向前发展的戏剧场景与背景故事之间的平衡。这是在做实验，要心态开放，不要看重结果。

因为是便利贴，所以你可以一直摆弄结构，它是可变动的。把它们贴在墙上。我们有一个学生，把所有的贴纸都贴在浴室的墙上，这样她刷牙的时候就能看到，一天可以思考好几次。想到其他事情的时候，再添加新的便利贴；还可以随意挪动。

尽情享受便利贴带来的乐趣吧！这是个简单又看得见的方法，帮助理清叙述展开的顺序。故事叙述并不一定只有一个正确的方式，它可以有很多不同的方法，而且效果一样好。这个方法可以帮助你排列各种可能性，直到从中挑出你认为最适合的故事。

我在写什么？通过总结明确故事的思路 Kirby Gann

Kirby Gann，著有小说 *Our Napoleon in Rags* 和 *The Barbarian Parade*，还与 Kristin Herbert 合编了一部获奖文集 *A Fine Excess：Contemporary Literature at Play*。他是独立出版社 Sarabande Books 的编辑，还在路易维尔市的斯波尔丁大学教授创意写作硕士课程。

我的写作过程在时间上并不是很有效率，但这是我学过的、保持我兴趣的唯一方法：我很少制定计划，而是在写的时候展开或者创作故事。开始只是一个模糊的想法，比如激发了我的一种状态、一个人物特征、一句话等，我的第一稿是按照自由联想、发现、最后充满希望、找到动力这个顺序进行的。我尝试按照写作应该控制我这一理念来写作。但这会使初稿进行缓慢。最重要的是，等到利用素材、组成对读者有意义的故事时，很难修改。

我经常遇到的一个问题是不能准确地表达我想写的内容，通常要写好几稿才能知道我在做什么。直到那时，我才能决定故事需要什么，初稿里哪些是没有必要的。

在这个过程中，一个练习可以帮助我，但我一般到第二稿或第三稿的时候才会用。这个练习就是对故事中的事件进行总结，以此来明确自己要写什么。想想在“克利夫笔记”里那些具体的小结，已经成为经典作品指南，高中的时候你可能都学过。

说到写小说，总结是个多层次的过程：开始很宽泛，然后再到具体细节。一个“宽泛的”总结可能这样开始：“这是个关于……的故事。”试着用一两句话总结出你的小说或短篇故事。例如，莎士比亚①的《奥赛罗》可以这样总结：“这是个关于军人奥赛罗的故事，他陷入嫉妒的泥潭，最终害了自己。”如果你正在写《奥赛罗》，认识基本的叙述脉络可以帮助你，锤炼自己的想法，知道怎样把故事写成剧本。

下面，开始关注具体细节：对于一部小说，你开始可能只是总结每一章节，同样也是用一两句话；短篇故事的话，总结单个的场景。这能帮助你决定故事从哪展开：如何决定将奥赛罗的嫉妒写成剧本？那么，从逻辑上讲，开头可能是表现嫉妒是怎么产生的。因此，这个剧本开始时伊阿古和罗德利哥在讨论最近发生的事情，其中最重要的是奥赛罗和苔丝德蒙娜的私奔。罗德利哥对苔丝德蒙娜也心存爱意，伊阿古应该负责为罗德利哥了解她恋情的最新情况，两人必须决定此时要采取何种行动，等等。

练　习

不管你正在写什么故事，给你的故事写一个简短的总结，最好在几句话之内写完。

目标：让自己搞清楚故事到底发生了什么，然后是为什么发生，以及怎样发生的。这样总结可以在很多层面起作用。一旦你可以用一句话把故事描述出来，你就可以问，如果你是读者，这个故事是否可以吸引你；如果不能，再总结一次，或许会有新的转机。用 10 种不同的方式总结，每一次总结在基本故事情节上都稍稍改变一下。

---

① 威廉·莎士比亚（William Shakespeane，1564—1616），英国最伟大的戏剧家。《奥赛罗》是其悲剧代表作之一 。

把总结写出来，一旦听起来像个很好的故事，那么你就有了一个大概的提纲，可以就此展开故事，无关的场景会突然变得清晰明了，而必要的场景也开始出现。把故事叙述分成不同的部分，并加以总结，要记住你现在已经知道了故事需要朝哪个方向发展。这样，你就能学会什么时候需要出现什么场景。

共鸣的丰富性 Douglas Bauer

Douglas Bauger，著有四部小说，包括 *Leaving the Land*，该书获普利策奖提名并获米德兰作家协会奖。最近的书有 *Voices from Silence* 和一本短篇小说集 *Looking for War and Other Stories*。他是内华达大学拉斯韦加斯分校创意写作硕士学位国际项目的联合创始人，并在国际现代文学研究院的行政委员会供职，这是个在全世界范围内扶持文学艺术的组织。

一部小说之所以值得写和值得读，并不在于它对产生戏剧性时刻的事件所进行的细致描写，而在于这些时刻对所涉及的人物所产生的效果。如果我们能牢记这一点，那么，我们就有机会赋予我们的故事和小说力量，即文学所需要的力量。

练　习

为了更好地理解你的故事中的戏剧冲突应该在何处、如何展开，就要从一件故事效果很强的事件开始：比如一个谋杀案，就像爱丽丝·芒罗的故事《愤怒》里一样，或者一场血腥打斗的场面，像艾利斯·麦克德莫特①的小说《那天深夜》里一样。也可以是任何你想用的事情——一场灾难性的大火、一场引发暴力的辩论、一次致命的事故。

① 艾利斯·麦克德莫特（Alice McDermott），美国当代作家。其小说《那天深夜》荣获美国国家图书奖、国际笔会/福克纳奖以及普利策奖。

首先，有意识地确定一个你选择的时刻，通过某个参与其中的人物的眼睛，以第一人称的角度，把它写成一个直接的戏剧行为的场景。一个杀人犯。打架人眼中的斗殴者。被门外熊熊燃烧的大火困在自己房间里的人。

一部小说之所以值得写和值得读，并不在于它对产生戏剧性时刻的事件所进行的细致描写，而在于这些时刻对所涉及的人物所产生的效果。如果我们能牢记这一点，那么，我们就有机会赋予我们的故事和小说力量，即文学所需要的力量。

事情现在变得清晰了。下面，用全知的视角，重新叙述这个事件，给读者5～10个具体细节，不要提及发生的主要事件。如果是一场谋杀，将叙述的重点集中在房间、小巷或任何事发的地点描述上。如果是打群架，将叙述的视角引到头顶上的天空、某人手腕上被打坏的手表和不远处传来的警报声等。这个做法能让你懂得在描述戏剧事件本身的过程中，如何拖延和重新设置叙述方法。

现在，想象你在练习的第一阶段所创造人物的一个朋友或情人。例如，杀人犯的母亲，或斗殴者的妻子，或火灾受害人的母亲。一年过去了，人物已经平复下来了，让他在餐馆里把整个故事讲给一个陌生人听。这里，你想要，并且需要决定为什么受伤的这个人决定跟他以前根本没见过的人谈论这件事。他的精神状态、生活环境怎样？这些都有可能是这段对话的诱因。这个陌生人、餐馆、小酒吧怎样使人物想起一年前发生的事情？

第三个也是最后一个陈述将产生有效的场景，使最初的事件带来的持久影响戏剧化。

背景和描述

小说中的背景 Margot Livesey

Margot Livesey，在苏格兰高原的边地出生并长大。20 多岁在英国约克大学获得文学和哲学学士学位之后，花了大部分的时间在多伦多写作、做服务生。然后她来到了美国，曾在多所大学和学院里教书，包括威廉姆斯学院、Warren Wilson 创意写作硕士项目以及艾奥瓦作家工作室。曾获美国国家艺术基金会奖和古根海姆基金会奖，著有一本故事集和五部小说，包括 *Criminals*，*Eva Moves the Furniture* 和最近的 *Banishing Verona*。现在主要住在波士顿。

法国哲学家让·保罗·萨特[①]在他精彩的传记《词语》中，描写了他还是一个小男孩时怎么写故事。他将他的男女主人公置于某个戏剧性的情节中，比如有个人从小船上掉到水里了，然后接下来两页都是抄写百科全书上关于鲨鱼的描写。当然，这种做法让我们觉得好笑，但这也反应了我们中很多人对使用背景和描写的看法。我们认真地塑造人物，努力构思情节，仔细思考主题。

另一方面，背景一般是既定的，或事后才会考虑。很少能读到评论说："背景写得很好"，并且在工作室和作品批评中，读者通常忽略背景。

但在我们最欣赏的故事里，背景绝对是不可缺少的：人物只能存在于那个特殊的世界里。另外，背景为作家提供了一个难得的机会，使他的作品焕然一新——尤其是在处理家庭关系时很有用——并且允许人物更活跃。所以与其把母亲

① 让·保罗·萨特（Jean-Paul Sartre，1905—1980），法国思想家、哲学家。

和女儿的故事安排在厨房里，两个女人不停地切蔬菜、拌酱，为什么不让她们修自行车，或照顾小狗，或修剪苹果树呢？与其让两兄弟的故事发生在酒吧里，被迫不停地吸烟、喝酒或吵架，不如让他们建一个石头花园或者在鱼缸里养鱼。

这可能需要做调查和研究，这也正是写小说的一个很大的乐趣。你可以既把背景当成修改作品的有用的手段，也可以把它当成推进当前写作的方法。你可以这样问自己：目前的背景对故事能起到它应该起到的很大的作用吗？如果把背景写得更有趣，它会不会使你的人物更深刻？

不管你决定改变背景还是坚持使用你已经创造的背景，下一个任务就是看故事中，你的背景描写部分是否能发挥更高层次的作用。作为作家，我们通常会将最好的描述用在故事中最重要的部分，并且我们的描写总是值得一看，看能否想出更好的细节、更有趣的句子。

背景中的人物 Jim Heynen

Jim Heynen，其最著名的作品是他关于“男孩子”的小小说。他出版了很多诗歌、小说、非虚构类作品和短篇小说。他写的关于男孩子的故事在美国国家公共电台的（*All Things Considered*）栏目中做过专题介绍，另外在瑞典和丹麦的电台也有介绍。明尼苏达州宇航员乔治·纳尔逊（George“Pinky”Nelson）在执行最后一次空间任务时带了一盘他的故事集磁带，在睡觉的时候听。这些故事最新的文集 *The Boys' House* 被《布卢姆斯伯里评论》(*The Bloomsbury Review*)、《新闻日报》(*Newsday*）和《书目》(*Booklist*）杂志评为 2001 年编辑评选的最佳图书。现为明尼苏达州诺思菲尔德的圣奥拉夫学院驻校作家。

尝试通过对人物周围世界的描写，创造一种氛围。

练　习

想一个长段落。第一句介绍人物，然后就描写背景。只在段落最后再回到人物身上。

这个主意是为了通过背景描写，创造一种氛围和语调，影响读者怎么看待人物和理解他的处境，或人物怎样认识自己的处境。

例如：

这次伊莱恩知道她妈妈的病不是疑难病症。她向河边走去，路上的雪融化了，走起来感觉很好、很干净。鸟儿的歌唱让光秃秃的树枝焕发了生机，它们的歌声很清脆，不像仲夏时被裹住一般低沉，也不似冬日被冷却似的沉默。绿鹃、鹪鹩、叫声响亮的蓝色的松鸦在刚露芽的树枝上，叽叽喳喳叫着，像是鲜艳的装饰。上周河水还结着冰，现在就随着春天的节奏流动起来，春天的河流略显暗沉，但在4月的艳阳下仍泛着光泽。蕨类植物钻了出来，穿过去年落下的一层厚厚的叶子，像绿色的手指攥起拳头，又慢慢张开，好像是与温暖的阳光握手。伊莱恩知道这个春天会很残酷，对她来说，这个季节将是一个讨厌的开始。

考虑一下所有的可能性。人物的处境可能和背景完全相反，也可能和它所描述的一样。背景本身可以是对房间、城镇甚至一件衣服的细致描写，会主导场景的氛围。当然，像约瑟夫·康拉德[①]这样的作家已经给我们提供了先例，背景带有它自己的个性，但必须自由地尝试各种可能性。

① 约瑟夫·康拉德（Joseph Conred，1857—1924），波兰裔英国小说家。作品有《黑暗之心》、《吉姆老爷》等。

赋予无生命以生命 Joan Leegant

Joan Leegant，著有小说集 *An Hour in Paradise*，赢得 L. L. Winship/PEN New England Book Award 和为犹太小说设立的爱德华·刘易斯·华兰特奖（Edward Lewis Wallant Award），并且获得 2004 年国家犹太书籍奖提名。这本书也是 Barnes & Noble“发现新人奖”2003 年秋季精选图书。Leegant 获得了马萨诸塞州文化委员会的艺术家奖，以及新罕布什尔州麦克唐维尔·科勒尼（MacDowell Colony）等其他奖金。她曾经当过律师，现在哈佛教授写作。

把感情和动作赋予无生命的物体，可以给你的小说增加意想不到的元素。例如，在我自己的一个故事里，一个人物随身带着一件雨衣，但是这件雨衣一度从他的大腿上滑下来，“好像它不愿意待在那儿”。这样将感情赋予雨衣，能使我从一个独特的视角强调人物的难堪——因为他的雨衣不愿意和他待在一起。同样在另一个故事里，数字钟上的 0 瞪着那个打电话说谎的人物 。这就能使我通过不同寻常的方式，来展现人物打电话时的痛苦：指责他的钟表可能知道他没说实话。

但是赋予无生命的物体以情感和动作，不仅仅能为人物增光添彩，还能为故事里的世界增加难度和质感，表明所有的事物，不管是活的还是死的，都在我们的生活中发挥作用，即使我们对此意识不到。

练　习

下次让你的故事中出现一件物品，好像对行动或人物能把感情和动作赋予无生命的物体，可以给你的小说增加意想不到的元素。

起到重要作用，比如，在雨夜里辛苦工作的挡风玻璃上的雨刷，一双藏在衣柜背后的鞋子，每次想用的时候都固执地坏掉的一个真空吸尘器等。赋予这件物品一些它自己的情感或行为，再看看对你的人物和故事起到什么作用。

你可以根据你的喜好尝试，或自由地赋予这件物品情感或行为，并且做好准备接受它展现给你的、故事中的世界。

学会分层 Venise Berry

Venise Berry，著有三部国内畅销小说：*So Good*，*An African American Love Story*，*All of Me*：*A Voluptuous Tale* 和 *Colored Sugar Water*。2003 年她获得了佐拉·尼尔·赫斯顿协会（Zora Neale Hurston Society）授予的文学创新贡献奖。*All of Me* 荣获美国图书馆协会 Black Caucus 颁发的好书奖。她最近的两部非虚构作品是 *The Historical Dictionary of African American Cinema* 和 *The 50 Most Influential Black Films*，两部均与 S. Torriano Berry 合作。她是艾奥瓦市艾奥瓦大学的新闻和大众传播专业副教授。

我认为，能写出好的作品并不是与生俱来的天赋，而是可以学习的。这里有一个简单的分层练习，能帮助你成为一名优秀的作家，一名非常优秀的作家。

练　习

第一稿，你的目标仅仅是从大脑里提取出信息写到纸上，因此你应该坐到电脑前开始写。开始不要担心每一个小细节。一旦故事卸载到了纸上，就该用层次来发展故事了。

例如，第一稿时你可能写道：

> 她走进房间。

第一稿时你要做的就是让人物进入房间。现在改善这个句子，加入一层，给读者更多的信息。

> 她慢慢地走进这个漆黑的房间，很害怕，不知道里

面有什么等着她。

第二个版本就告诉了我们更多的信息。现在再加另一层。

> 康斯坦斯从壁橱里抓起丈夫的手枪，慢慢地走进这个漆黑的房间，很害怕，不知道里面有什么等着她。

有了丈夫的手枪这个信息，又给了她名字，就增加了悬念感。下面用特定场所里更加具体的词语再加一层。

> 康斯坦斯从大厅里的壁橱里抓起了她丈夫的银色小手枪，慢慢地悄悄爬上楼梯进入黑暗的卧室，很害怕，不知道里面有什么等着她。

能写出好的作品并不是与生俱来的天赋，而是可以学习的。

这一层的细节让读者对正在发生的事情有了更强烈的画面感。用词的变化，从手枪变成了银色小手枪，从走进到悄悄地走，都能帮助我们更好地理解整个状况。明确了地点，如大厅里的壁橱，楼梯上面和卧室，都能使我们对动作的想象更清楚。

最后，我可能再加一层背景信息，让读者知道她脑子里在想什么。

> 康斯坦斯从大厅里的壁橱里抓起了她丈夫的银色小手枪，慢慢地悄悄爬上楼梯进入黑暗的卧室，很害怕，不知道里面有什么等着她。她的丈夫一直虐待她，此刻一种莫名其妙的痛苦突然充满了她的灵魂——14 年的婚姻结束了。

这个时候，了解她的思想活动不仅能帮助我们了解她要做什么，并且能知道为什么。

把五个简单的字变成一段有感染力的段落，从而告诉我们那么多信息，用这种分层技巧很容易就能做到。

对地点的感觉 Patricia Powell

Patricia Powell，著有 *Me Dying Trial*，*A Small Gathering of Bones* 和 *The Pagoda*。现为休斯敦大学创意写作研究生项目的访问作家。

在最初的小说课上，为了让学生在写小说中考虑背景因素，我经常用这个练习。他们写作的时候，脑子里经常没有一个具体的场所。因此，感觉他们的故事有点无根无据。没有具体的细节安置读者或人物。我们也不可能看出人物在什么地方，无法在地点和时间上安置他们。我们看不到、听不到、闻不到任何东西。这样的故事让人费解，没有中心。

这个练习也是让学生考虑细节和身体感觉的一种方法，这基本上是一个动用五种感官的过程，是一个有引导的想象过程。这个练习不是我编的，我不记得是从哪找到的。但是我经常用这个练习，并且做了一些改进。

练　习

闭上眼睛，回到你以前住过的地方。或许在不同的城镇或乡村。没关系。亲眼看着自己向房子或建筑物走过去，开始记住你看到的每一样东西：房屋的形状、树枝、瘦得皮包骨的狗、吃得肚儿圆的牛、街上的小孩以及他们在玩的游戏。注意蜿蜒的公路、泥泞的小径、天空的颜色、盒子一样的楼群、路面上的灯。

然后深呼吸，开始描述你闻到的气味：烟味，牛肉小馅饼味，臭水味，刚割过的草地的新鲜味道，烤面包的味道，烧焦的轮胎味，燃烧垃圾的味道，废气味，血腥味，尘土味，潮气味，霉味，油漆味。

你听到了什么？孩子的嬉戏声，公鸡的打鸣声，犬吠声，路上的车声，激烈的争论声，钢琴声，知了在晚上的尖叫声，唱歌的声音，喊叫的声音？

你尝到了什么？这里准备了什么特殊的饭菜，只有回到这个地方才能吃到的东西：罗望子，番石榴，烤肋骨，咖喱羊肉？

最后，让知觉回到肚子上。当你走进房子，穿过一个一个的房间，听着这些声音，让自己完全沉浸在回忆中时，是一种什么样的感觉？

现在，睁开眼睛，拿起笔，**开始写**，写脑子里想到的所有的东西，不要考虑情节或句子的完美。

做这个练习的时候，学生们经常是回到一栋房子或城镇或一个特别的乡村，有很多让人产生情感共鸣的地方。最有趣的是他们一闭上眼睛，很快就被这个背景吸引。这很好，因为既然他们对这个地方那么熟悉，人物在这个地方就可以很放松、很活跃，他们就可以真正动笔写故事了。经常，故事背景带来的并不是美好的、幸福的记忆，但这些复杂的感情只是为了帮助创造一种强烈的对地点的感觉。

做一棵树 John Smolens

John Smolens，最近的小说包括 *Cold*，*The Invisible World* 和 *Fire Point*。北密歇根大学英文教授。

小说里充满了各种各样的东西，比如衣服、汽车、大树、房子、纪念品盒子，优秀的作家会小心挑选这些东西来构建小说里的世界。故事里不可或缺的物体必须有存在的目的和特点，实际上要像故事中的人物一样。有时我会带一些东西到我的课堂上，或者让学生带。我们围着这些东西坐下来，比如一个海泡石①的烟斗、一条项链、一把生锈的种花铲等等，围绕这些东西开始写作，我们就像是画静物画的艺术家一样。

不过，其中最成功的一个练习是，有一次我故意限制他们接近那些东西。我喜欢在户外做这个练习。找一个晴朗的好天气。我告诉同学们带一块手帕或一根香蕉。然后出去到一片小树林里，两人一组；其中一个人把同伴的眼睛蒙住。然后，我领着他们穿过树林，悄悄地告诉未被蒙住眼睛的人帮助被蒙住眼睛的同伴，让他去抚摸一棵树——树干、树叶、树根等。然后抚摸露出地面的花岗石，或者水坑。做完之后，互换角色。这样每个人都有几分钟的机会，不用眼睛

① 海泡石，在遇水时因强烈吸水而变柔软，干燥时就变硬。

来体验这个物质世界。

然后回到室内，让他们把蒙住眼睛时接触的东西写下来。结果经常非常可观：显然，同学们的另外四种感觉——触觉、听觉、味觉和嗅觉——补充了视觉的缺失，并且他们经常是**从内心深处**写这些自然界里的物体。有一个作家写了一篇关于松树的文章，写得特别好，她向我们解释说，她感觉那棵松树是这个世界上遗留下来的唯一的一棵树。

在不熟悉的环境里做这样的练习，效果最好。如果天气允许的话，最好在户外。但是或许学校里也有其他供学生们聚在一起的地方。

练　习

写一篇 500 字的描述性文章，不要描写任何视觉看到的细节，但要写出味觉、触觉、嗅觉和听觉带给你的感觉细节。

一个很长很长的句子 Geoffrey Becker

Geoffrey Becker，著有小说 *Bluestown* 和小说集 *Dangerous Men*，该书获得了德鲁海因兹文学奖。他的作品发表在《犁头》、《安提阿评论》（*The Antioch Review*）、《草原帆船》，并入选《2000 年美国最佳短篇小说选》。现在巴尔的摩市陶森大学教授小说写作。

练　习

想象一个你非常了解的地方，可以是你的故乡，也可以是你曾经住过的地方。现在，想一下在周五的晚上，那个地方是什么样子。给你整整 13 分钟，描写这个地方，用许多具体的细节把这个地方描写得生动逼真。你想怎么写就怎么写，可以用第三人称、第一人称或两个结合着写。你的思路可以跟着小虫子爬上路灯杆，或探索正在从一家便利店里偷斯利姆·吉姆牌快餐牛肉的小孩的想法。只有一个规则：不要结束句子（也不要用分号哦!）。13 分钟一到，每个人大声读一遍自己写的内容。我经常让很多人分组做这个练习，当然也可以一个人做。

为什么做这个练习

很多小说作家特别害怕诗歌朗诵、在众人面前唱歌或情绪失控，甚至怕得要死。简短、描述性的句子比较容易写，并且更能站稳脚跟，经常能赢得高中语文老师的认可。这个练习则为我们打开了一套完全不同的写作训练思路，强迫作家进行联想性的跳跃思维——正在偷点心的小男孩看看窗外，看到一辆卡车经过，卡车后面有一条狗，狗的一只耳朵直直地竖着，像榆树街上的废品站里雪佛兰的引擎盖，浣熊在榆树街上那些破烂的金属垃圾桶后面呼哧呼哧地喘气……他一般可能并没有这样做，但这只是要让故事继续下去。

通过这个练习，写出来的文章经常像散文诗，而非我们通常认为的小说，因为对很多学生来说，一口气写这么长的句子，将句法延伸到近乎可笑的长度，这样的经历能够开发他们至今未开发的诗性的潜力，对将来尝试传统的叙事方法很有用。另外，这也很有趣。

我喜欢计时的练习。这样可以使作家卸下负担。你写 13 分钟，仅此而已。不管你写了什么，那就是你的所得。写的并不是很好，是吧？**当然**不会太好，我只给了你 13 分钟。如果我给你 13 个小时，那你可能就写出一篇杰作了。如果你觉得不够好，那是我的错。在我的课堂上，有的作家费了很多心思和时间，等到写的故事交上来，结果读起来却僵硬、呆板、缺乏想象力。但他们做这个练习的时候，写起文章来突然像完全变了一个人。为什么会这样呢？的确很神奇，但我怀疑这是因为有任务、不受拘束、允许自己的无意识操控这三方面综合作用的结果。我曾经听著名吉他演奏家艾迪·范·海伦①说过，对他来说，吉他独奏就像从长长的楼梯上一路滚下来，再双脚落到地面上。我认为这个练习有点像他说的那样，要滚过一段确实很长的楼梯。

---

① 艾迪·范·海伦（Eddie Van Halen），荷兰裔美国吉他演奏家、作曲家。

我推荐读一下哥伦比亚小说家格雷西亚·马奎兹[1]的《幽灵船的最后航行》。这是一个很好的例子，一句话写成的故事，很诗意，很有趣，同时也很阴森恐怖。

一句话写成的故事，很诗意，很有趣，同时也很阴森恐怖。

① 格雷西亚·马奎兹（Gracia Marquez），哥伦比亚小说家。1982年获诺贝尔文学奖。《幽灵船的最后航行》（*The Last Voyage of the Ghost Ship*）是他的一个一句话小小说。大致意思是，一艘巨型邮轮神秘地沉船并无声无息地消失了。多年以后在同一个地点另一艘巨型邮轮再次沉船，发出巨大的撞击声。

最难忘的食物：运用感觉上的细节 Karen E. Bender

Karen E. Bender，著有小说 *Like Normal People*，该书获《华盛顿邮报》年度最佳图书和 2000 年的 Barnes &Noble Discovery Book。她的短篇小说刊登在《纽约客》、《格兰塔》、《映画故事会》、《犁头》、《哈佛评论》（*The Harvard Review*）、《故事》（*Story*）和其他杂志上，入选《美国最佳短篇小说选》和《手推车奖作品选》。她的短篇小说 *Eternal Love* 和 *The Fourth Prussian Dynasty* 在美国国家公共广播电台（NPR）作为精选短篇故事栏目的一部分被 Joanne Woodcard 和 Frances Sternhagen 分别朗诵过。曾获 Rona Jaffe Foundation 和美国国家艺术基金会奖。现在维明顿的北加利福尼亚大学教小说写作，正在写一部新的小说和一部短篇小说集。

我相信，想成为一名好的小说作家，要具备三个条件：诚实、技巧和耐心。

下面是需要每一个条件的原因：

作为人类，我们生活在各自分离的世界里。你怎么知道另一个人的真实的生活？诚实的写作是探索别人思想、窥见另一个人的真实生活的一种方法。如果你诚实地写作，你就架起了一座和另一个人沟通的桥梁。

学习技巧是给你的诚实赋予形式的一种方法。掌握小说的要素，学习作家使用技巧的各种不同的方法，例如对话、情节、感觉上的细节等，可以帮助你找到表达自己情感的最佳方式，并能引起读者的共鸣。

最后，耐心能帮助你把作品写得更好，甚至超出你的想象。和一部作品厮守在一起，看着它修改一遍又一遍，花时间完善它，会使它变得更好。

练 习

作为作家，运用感觉细节，可以让你学着用自己的方式感知这个世界。黎明时分，天光看起来是什么样的？下过雨后，红色交通信号灯照在潮湿的街面上如何形成反射？在夏天和在冬天，一座城市闻起来有什么不同？

现在拿出一个巧克力曲奇饼或薯条，或其他熟悉但以前没真正观察过的食物。调动你所有的感官来检查它。你该怎么向从没见过它的人描写这个食物？

如果你诚实地写作，你就架起了一座和另一个人沟通的桥梁。

看、闻、摸、检查这个曲奇或薯条，然后把它吃掉。用 10 分钟的时间描写这个食物，尽量细致地描写，尽量多用感觉细节。

然后，用两页纸描写一个在你生命中难忘的或者重要的食物。可以是单独的一个食物，像士力架巧克力，也可以是一顿完整的感恩节晚餐。可以是你喜欢的或讨厌的，只要满足难忘这个要求。

学习技巧是给你的诚实赋予形式的一种方法。

把这个食物描述得能让读者很清楚地看到、闻到、听到、品尝到。要考虑如下问题：它是带包装的吗？它放在盘子里是什么样的？你吃的时候要用手、刀、叉，还是什么？咀嚼的时候会发出什么声音？这个食物旁边有什么？你是唯一一个吃这种食物的人吗？你是在一个特别的时间吃的吗？感到幸福、高兴，还是其他？你周围的人在做什么？你是在咖啡馆、饭桌前、沙滩上还是在狂欢节上？你周围的人是否在吃一种你很想吃的食物？你吃这个食物的时候感觉很有优越感还是很窘迫？

耐心能帮助你把作品写得更好，甚至超出你的想象。

这个练习还可以这样做：到外面去，描写一下你周围的环境。然后描写一个对你很重要的地方。

让词语像水一样：明喻练习

Bret Anthony Johnson

Bret Anthony Johnson，他的第一本书是 *Corpus Christi*：*Stories*。他的作品被刊登在很多出版物上，诸如《巴黎评论》、《2002 年欧·亨利奖作品选》和 2003 年、2004 年、2005 年《南方新故事》。他的小说 *In the Minor Keys* 由兰登书屋出版。他在哈佛大学教授写作。

在我的小说工作室里，我给作家们的第一个练习就是浏览我们那个学期正在读的各种文学选集，只读每个故事的第一行。一般选集里都包括 50 个左右的故事。学生们读这些开头的句子时，我让他们列出最喜欢的 5 个开头。这样做的目的是研究那些特别的语言表达、标点符号运用和字词用法怎样吸引我们有继续读下去的愿望，而其他的句子为什么不能同样吸引我们。最后，我们当然想弄明白那些作者是怎么做到的，为的是我们也能够把读者拉到我们的故事里面去，用我们自己的标点符号和字词用法吸引他们。

如果艾米·布鲁姆[①]的那篇精彩的故事《银铃般的水声》在选集里，我敢说会有超过一半的学生会选择她的第一句话作为自己最喜欢的一个："我妹妹的声音曾经像装在银

① 艾米·布鲁姆（Amy Bloom），美国当代作家。《银铃般的水声》是以第一人称讲述的沃伊蕾特和她妹妹罗丝的关系的故事。罗丝有精神病。在故事开头，沃伊蕾特回忆她和妹妹十多岁的时候去看《茶花女》。走到公园里，罗丝唱了一首歌，她的声音很纯净，引得路人驻足聆听，她唱完后，响起掌声。

色水壶里的山涧溪水：美得清澈、湛蓝，让你感到凉爽，让你感觉似乎脱离了躯壳，远离了炎热。”

一些学生选择这个仅仅是因为她们也有妹妹，通常也是像叙述者的妹妹一样神秘而有力量；另一些同学则是受到复杂微妙但又让人黯然神伤的“曾经”一词的吸引，这一词非常有技巧性地暗示着已经失去，这是故事的引擎。还有的同学选择这个故事仅仅是因为读起来朗朗上口、优美动人，让人产生一种想与这么可爱的声音共度时光的愿望。显然，我可以把这一切都联系起来，敏感的读者怎么会不能呢？但是，那个故事我读了上百遍，每次最吸引我的都是那一个普通的字：像。

一个差点儿的作家，或者一个较差的叙述者，可能把妹妹的声音比作音乐，比作悲伤的、令人难忘的瓦格纳的音乐；比作冬天里风刮过树枝发出的嘶嘶声，总之是比作一种声音。但是这篇小说的作者就不这样，她不会让她智慧超前的叙述者沃伊蕾特这样做。这个天才作家用明喻来扩大而非缩小读者对故事的理解和体验。把人的声音比作某种东西，而非自然界中别的声音。作家向读者展现出，她的人物看待生活的出人意料的、独特的视角。在故事的结尾，读者终于领会了作者想要传达的含义，他们对世界的看法也发生了改变。从文学中我们还能指望得到更多吗？还有什么我们希望向读者传达的吗？我们都能把这个方法记在心里，这是我们的写作秘籍里必备的锦囊妙计。

作家向读者展现出，她的人物看待生活的出人意料的、独特的视角。

目 标

为了避免陈词滥调，在明喻中，对各种感觉的运用要出人意料、有独创性。

练　习

完成下面的明喻，并且在比喻时尽量包含具体的细节，语言要紧凑、抒情。模仿艾米·布鲁姆，尽量不要把声音比作声音、味道比作味道、香气比作香气。

——清晨的太阳尝起来像：

——她的声音闻起来像：

——这个音乐听起来很沉重像：

——绿颜色摸起来像：

——红颜色尝起来像：

——午夜的雨像……一样痛苦：

——风看起来像……一样：

——看他走路就像听：

——晚餐吃起来就像观看：

——听她哭就像尝：

——触摸着她的奄奄一息的父亲的手就像看：

当然，我希望你想到的其中一个明喻能适合你正在写的作品，或者它可以激发一个想法，能让你写出一部新的、出色的作品。然而，最实际的目标只是锻炼你的想象力，充实你写作的大脑，追求令人惊奇的、引人入胜的语言表达方式。

作为一名作家和教师，我对这个练习的使用方法是，在一天“真正的”工作开始之前，用它做一套语言体操。给自己 5～10 分钟的时间，用前面那些提示写作，或者用你自己的提示，大脑里除了各种字词，其他的都统统清除出去。把注意焦点集中在语言上。用你的人物的眼睛而非你自己的眼睛来看这个世界。让墨水像小提琴一样歌唱，让字母闻起来像情人的头发一样芬芳，让词语像银色的水一样倾泻而出。

技 巧

将自传变为小说，发现更大的真实 Susan Vreeland

Susan Vreeland，两次获得圣迭戈图书奖（San Diego Book Award）最高荣誉，并曾获西奥多·盖泽尔奖（Theodore Geisel Prize）。她的小说主题多与艺术相关。作品包括：*Life Studies*，被《洛杉矶时报》评为畅销书；*Girl in Hyacinth Blue*，被《纽约时报》评为畅销书并获年度最佳业内新人奖提名（Book Sense Book of the Year Finalist），根据该小说改编的电影 *Brush with Fate* 获誉霍尔马克名人堂（Hallmark Hall of Fame）电影。同时，*The Passion of Artemisia* 入选《纽约时报》畅销书，她因此被评为 2003 年度最佳作家。此外，她还著有小说 *The Forest Lover*。她的小说已被翻译成 25 种文字。

许多新作家从个人经历中挖掘素材，开始创作。注意：严格遵循事实的原则极难成就出色的作品。优秀的小说还须具备以下几个基本要素：可信的、复杂的、令人同情的人物，强烈的渴望；实现这种愿望的障碍（即冲突，最好是一种由外界冲突引发的内心冲突）；具体的时间背景和地点背景；叙事弧线（简而言之，一始发事件引发冲突，再经由调解而达到某种和解）。仅仅刻板地复制生活很少能够做到这样。

通过以下的练习，你可以摆脱事实的束缚，创造出更真实、更深刻的作品。

练　习

第一步

选取生活中不同时间发生的两件事。每件事分别写两到三页。大部分可能是总结性的叙述。除非你在初稿时就能顺利地想出故事的对话，否则，你可以先把故事放置到具体场景中，然后再配上直接的对话。提示每个故事的情节发展和人物变化的结局。

第二步

想想看，如果这两件事情同时发生，会有什么影响？如果两个故事中人物的情绪不同，那么他会不会在两者之间徘徊？一种情绪会不会主导另一种情绪？一段经历会不会影响另一段经历？主要人物会不会因此学到不同的东西，经历不同的成长，产生不同的变化？如果你处理得当，这些都很有可能发生。完成一部生动且富有新意的作品需要新的探索、新的创意，而不是像你在第一步里那样只是记录你的生活。写一个对新故事的叙述性总结。

许多新作家从个人经历中挖掘素材，开始创作。注意：严格遵循事实的原则极难成就出色的作品。

第三步

先赋予人物一种你所不具备的重要特质，再从人物身上剥去一种你所具备的特质。这些特质可以是：人物的性格特征、处世态度、社会背景、宗教信仰、国籍、教育背景、才能、兴趣或爱好。这些不能生搬硬套到你已有的素材上。必须加以修改。

第四步

深入探索以上那些构成这个**新人物**的真正自我的特质。

现在，为你的小说加上相应的情景和对话。

优秀的小说还必须具备：可信的、复杂的、令人同情的人物；强烈的渴望；实现这种渴望的障碍；具体的时间背景和地点背景；叙事弧线。

第五步

检查作品是否具备首段中所列举的几项基本要素。

你可以读读我收录在《人生研究》[①] 里的自传故事《色彩画，1995》，以供参考。这个故事就是依照上述步骤完成的。

---

① 《人生研究》(*Life Studies*)，本文作者的一部短篇小说集。作者透过当代普通人的眼睛，探索与艺术创作相关的诸多问题。

经典场景的秘密 Sheila Kohler

Sheila Kohler，出版过五部小说：*The Perfect Place*，*The House on R Street*，*Cracks*，*Children of Pithiviers*，以及 *Crossways*；三部短篇小说集：*Miracles in America*，*One Girl* 以及 *Stories from Another World*。她分别在本宁顿学院、纽约市市立学院、科尔盖特大学、纽约新学院大学、纽约州立大学帕切斯分校、纽约曼哈顿西区的基督教青年会以及法国的 Montolieu 教授创意写作课程。

当我们回想起文学留下的最初、最难以忘怀的那些印象时，童话故事里的场景便时常浮现在脑海中。也许我们会想到这样的场景：商人在女巫的果园里发现了萝卜，并拔走了它，不料被女巫撞见了，后者强令其以回家后第一个迎接他的人作为交换。或许我们还会想到这样的场景：睡美人在皇宫里满是灰尘的阁楼上独自徘徊，无意中发现了一个纺锤，却被纺锤扎破了手指，陷入沉睡。再或许我们会想起这样的场景：当听到有人呼喊"莴苣姑娘，莴苣姑娘"，她低头垂下长发，却发现是王子，而不是女巫；王子爬上高塔，倒在她的怀中。

之后，我们也许会想起所喜欢的小说中的场景：在同名小说里，简·爱[①]被锁在舅舅去世时住的卧室里，误以为见到了舅舅的鬼魂；在《远大前程》[②] 里，皮普和老姑娘郝维辛小姐

---

① 《简·爱》：英国著名女作家夏洛蒂·勃朗特（Charlotte Brontë，1816—1855）的代表作。

② 《远大前程》：英国著名作家查尔斯·狄更斯（Charles Dickens，1812—1870）的代表作之一。

在早已停摆的大钟下，一起在郝维辛小姐婚宴的残羹冷炙旁徘徊；在《包法利夫人》[①] 里，罗道尔夫在农业展览会期间诱奸了爱玛。所有这些生动而难忘的画面一幅幅地呈现在我们眼前。

为什么我们会记住这些画面呢？是什么使它们铭刻在我们的脑海中呢？是哪些因素使它们令人难以忘怀呢？如果我们自己也想创造出让读者为之倾心并永久铭记的作品，我们该怎么做呢？经典的场景具备哪些要素？我们想讲述的故事需要哪些场景呢？

经典场景的基本要素

简而言之，就像童话故事里讲到公主一样，这些基本要素可以分为三类：

1. 地点：女巫的果园——在这里，在阳光照射下闪耀出诱人光泽的萝卜；满是灰尘并藏有毒纺锤的阁楼；女巫囚禁莴苣姑娘的高塔；摆有镜子和四柱床，并挂有深红色床帘的红色卧室；郝维辛小姐婚宴使用的餐桌，上面摆满了宴会的残羹冷炙，挂满了蜘蛛网，老鼠在腐败的食物中乱窜；或是在牛粪、奶牛和梯田的反衬下，罗道尔夫向爱玛求爱，并在农业展览会期间诱奸了她，这正是福楼拜式的衬托与反讽。

2. 人物：冒险者，冒失的商人或父亲；年轻羸弱的公主；相思成疾的王子；简·爱，贫穷的孤女；皮普，下层阶级的穷男孩；爱玛，厌倦生活、渴望激情的乡下妇女——所有这些人物都缺少某种东西；都正在寻找某种东西，都怀有某种渴望。这些人或是以某种方式被对手阻挠：女巫；邪恶的女妖；简·爱自私的亲戚；诱奸爱玛的罗道尔夫。或是被恩人相助或营救，如王子。

---

① 《包法利夫人》：法国著名小说家福楼拜（Gustave Flaubert，1821—1880）的代表作之一。

3. 情节：发生在这些经典场景中，并以某种方式改变人物命运的事件。就像石头掷入水中，水面将泛起涟漪一样：商人偷拔了萝卜，意味着他要失去迎接自己回家的女儿；女儿被迫让给女巫；简爱在卧室里昏厥过去，意味着布罗克赫斯特的到来，她将被赶去寄宿学校；罗道尔夫诱奸了爱玛，最终导致后者的堕落与死亡。

练　习

这个练习使我们有机会练习描写经典场景的技巧。将这些要素铭记于心，并牢记这一个事实：正如莫泊桑[①]所言，天才源于原创。原创指的是一种对世界独特的感知力、理解力和判断力。

原创指的是一种对世界独特的感知力、理解力和判断力。

1. 在描写地点的时候，选择一个你熟悉的地方，加上常见的、新颖的并富有深意的物品，例如萝卜、纺锤、镜子、牛粪、腐烂的食物。这些物品能暗示以后的情节发展。

2. 人物。从你自己的生活中挑选原创性的人物，即你熟悉的人物，或者你从远处观察的人物，或者你梦想的人物；那些有所需要的，或认为自己有所需要的人物；或者像俄狄浦斯[②]那样想要查明事情真相的人物。

3. 情节：记住情节因人物而生。它来源于人物的需要，这种需要可能招致某种意想不到的灾难；或者相反，这种需要能拯救人物或让他经历某种顿悟。

要求学生们分别描述一个场景的以上三个部分，然后再将它们联系在一起。

---

① 居伊·德·莫泊桑（Guy de Maupassant，1850—1893），法国著名作家，与契诃夫和欧·亨利并列世界三大短篇小说巨匠。

② 俄狄浦斯（Oedipus），希腊神话中忒拜（Thebe）的国王拉伊奥斯（Laius）和王后约卡斯塔（Jocasta）的儿子。他在不知情的情况下，杀死了自己的父亲并娶了自己的母亲。其形象成为西方文学史上典型的悲剧命运人物。

海明威的间接击球：描写呈现与直接讲述 Tony Ardizzone

Tony Ardizzone，出版过六本小说，最近的作品有小说 *In the Garden of Papa Santuzzu*，作品集 *Taking It Home*：*Stories from the Neighborhood* 和 *Larabi's Ox*：*Stories of Morocco*。编有 *The Habit of Art*：*Best Stories from the Indiana University Fiction Workshop*。他的作品曾获弗兰纳里·奥康纳短篇小说奖（Flannery O'Connor Short Fiction Award）、Milkweed国家小说奖、文学之友芝加哥基金会文学类小说奖（Friends of Literature's Chicago Foundation for Literature Award for Fiction）和手推车奖，并两次获得国家艺术基金会奖，同时享有其他荣誉。现在印第安纳大学教授创意写作课程。

我鼓励和我一起学习的作家博览群书。理解读过的每一部作品，能使他们对创作技巧有新的认识。这需要培养他们从作家的角度进行阅读的能力，留意创作技巧，关注作品中某一特殊效果得以实现的具体方法。学徒的画家先是识别他们师傅所使用的技巧，然后加以模仿，来掌握和完善自己的绘画技巧。作家也能以同样的方法，通过更为仔细地阅读心仪的作品，识别作品使用的各种技巧，并加以效仿，来发展自己的创作技能。以下就是基于这些原则的一个练习。

在给作家同行的信中，厄纳斯特·海明威这样写自己的描写方法："我总是试着通过'三次击打'，而非文字或者直接陈述，来描述事物。"解释一下，"三次击打"是三边卡罗姆法式台球比赛中使用的术语。这种比赛在没有网袋的球台上进行，球台上有两颗白色母球和一颗红球。在三边卡罗姆台球比赛中，任何一方的选手的目标都是：通过击打自己的母球，使它在至少三次撞击台边后，再撞击对手的母球和红球。这样一次积一分，然后选手可以重新击打。

理解读过的每一部作品，能使他们对创作技巧有新的认识。

其实，海明威是向他的朋友暗示，最好的描写方法常常是间接描写。技艺精湛的作家通常借助一系列的间接陈述，暗示或呈现自己意在揭示的人物特点，而非针对人物的某一具体特征或属性（如诚实、机智或迷人）进行直接描述。直接的陈述开诚布公地向读者**讲述**人物。简介描述则是具体地、暗示性地向读者展现人物的特点，并借此使读者进一步体验、感受人物与小说的发展。这就是创意写作教师们推崇“要展现，而非讲述”的原因。

练　习

观察你所读的作品中描述性的例子，判断作者应用的是直接陈述还是间接描写，以及那些间接描写暗示的人物特征。然后，挑选一个例子作为模板，对一个或多个人物进行间接描写。

如何拥有一个故事 Robert Boswell

Robert Boswell，著有 *Century's Son*，*American Owned Love*，*Living to Be 100*，*Mystery Ride*，*The Geography of Desire*，*Dancing in the Movies* 以及 *Crooked Hearts*。曾两次获得国家艺术津贴，一次古根海姆奖金。此外，他的小说还获得过其他诸多奖项。他的故事收录在《时尚先生》、《纽约客》、《美国最佳短篇小说选》、《欧·亨利奖作品选》以及《手推车奖作品选》中，同时也刊登在多个文学杂志上。他在新墨西哥州立大学、休斯敦大学以及沃伦·威尔逊学院的创意写作硕士项目从事教学工作。他同妻子 Antonya Nelson 以及他们的两个孩子在得克萨斯、新墨西哥以及科罗拉多居住。

练　习

1. 找一篇非常有影响力、而你还没认真研究过的故事。

2. 复印下来并重新阅读这篇故事。

3. 再读一遍，划出有特色的句子，即能引起读者特殊共鸣，或具有特殊表达效果的句子。

4. 再读一遍，圈出故事中重复出现的意象。（同时划出先前遗漏的特色句。）

5. 再读一遍，用荧光笔画出故事中能够暗示或揭示人物动机的部分。（一些句子可以同时用横线和荧光笔标出。）

6. 再读一遍，框出主要的人物行为发生发展的片段。

7. 回到原书上，把故事再复印一遍。

8. 再读一遍，按故事发展的规律，圈出故事的各个部分——圈出相对独立的各个情景描写和叙述性过渡。用一种颜色圈出情景描写的部分，用另一种颜色圈出叙述性过渡的部分。

9. 读第一部分，删去先前画上的圈，划分并标明开头、中间和结尾。什么因素决定了这样的划分？通过形象来考虑。如果开头部分暗示了一个形象，中间部分则将这一形象转变，或扩展，或压缩，以赋予其生命，而结尾则呈现或暗示开头或中间的发展结果。

10. 重读第一部分，再读第二部分。然后，同样将第二部分划分为开头、中间、结尾；像前面一样，圈出并标明这三节。对待故事的各个部分都遵循同样的步骤：每次在进入下一部分之前，都要从头再读一遍之前的部分。

11. 把整篇故事再读一遍，画出各个部分中促使故事发展的关键句，再用双横线画出推动各部分之间发展的句子。就是说，用单横线画出单个情景中推动情节由开始到结尾发展的句子；用双横线画出在更大范围的故事中推动情节发展的句子，即不仅推进情景的发展，也推进整个故事发展的句子。

12. 为故事的各个部分（情景部分和叙述部分）绘制一张图表，并编号标记。在同一张图表上，把每个部分进一步细分为三个小节（开头、中间和结尾）。然后再将整个故事划分为三个部分（开头、中间和结尾）；每个部分可能会有若干个小节。

13. 在图表上，在每个部分的各个小节下面，写上所有先前标记出的句子和意象。加上其他重要的内容，例如你所注意到的技巧要素，起到重要作用的背景细节，主题的暗示，以及重复出现的主旨等等。

14. 把故事重读一遍。

这个练习能教会你如何刻画情景，如何叙述故事。

实物教学课 Elizabeth Searle

Elizabeth Searle，出版过三本小说：*Celebrities in Disgrace*，*A Four-Sided Bed* 以及 *My Body to You*。曾获艾奥瓦短篇小说奖。她的作品刊登在《红皮书月刊》、《犁头》、《阿格尼》、《安大略评论》、《密歇根评论季刊》以及《凯尼恩评论》上，并收录在 *Lovers* 文集中。她的作品曾三次入选《美国最佳短篇小说选》，两次入选《手推车奖作品选》。她还获得过 2000 年劳伦斯基金的小说奖。曾在本宁顿学院的创意写作硕士项目、南缅因大学的创意写作硕士项目教授创意写作。国际笔会新英格兰分会（PEN/New England）副主席。她和她的丈夫、儿子居住在马萨诸塞州。

我在一次实物教学课之后，想出了这个练习。它帮我完善了第一部小说集的同名短篇——《我的身体属于你》①。我发现，在一次次费力改稿的过程中，我总会描述到一个有趣的、极富寓意的细节。但是，我并不知道这是为什么。

在我的作品中，我童年时代的小灵狗总是不经意地在关键时刻出现。因此，我决定系统地分析一下：为什么我对它这么感兴趣。为了找出原因，我围绕小灵狗展开了一系列的自由联想。

首先，我意识到，小灵狗的身形酷似灰狗，但比灰狗小。这让我想起了芭比娃娃——像沙漏一样的形状，全身“硬邦邦”的，一点都不柔软。这段描述让我意识到：为什么我的主人公反应敏捷；为什么她在乘地铁时，会被来回摇

① 《我的身体属于你》（*My Body to You*）（1993）是她的短篇小说集，获艾奥瓦州短篇小说奖。

晃的人分散注意力。她的身体受过伤，对她来说，小灵狗代表了她向往已久的自由和坚韧。

在自由联想的过程中，我还想到了另一只狗的故事。我高中时期的一个朋友从她粗暴的姐姐家逃走的时候，随身只带了她的小狗。这段回忆启发我创作了这样一个情景：我的女主人公带着小灵狗，逃离了充满暴力的家庭；小狗在她怀中挣扎，并弄伤了她，这又引发了另一些关键情节。

最后，我发现，在比喻的时候，我把似乎随时准备起跑的小灵狗比作等待起航的飞机。这个比喻为我描绘出了故事的最后一幕。女主人公坐在飞机上，准备起飞，去嫁给她最好的同性恋男友，这样做是为了安全。这时，另一架正待起飞的飞机让她想起了以前的小灵狗。于是在故事的最后，她反思到，自己正要做的（起飞离开，嫁给她的同性恋男友）也许是“一次完美、自然的起跑”。

在写完故事之后，我意识到一个“实物”能让自己受益匪浅：分析小灵狗这个实物帮助我创作出若干个情景，并赋予了故事一个不断重现的重要隐喻。从那以后，尝试过这个练习的学生也都证实有过类似感受，并取得过小小的突破。

我总是告诉学生，要像手握探矿魔杖一样，在自己的草稿中寻找“能量之源”，尤其是那些看起来特别的、有时又令人费解的实物和具体细节。这些极富寓意的实物为我们的小说创作上了宝贵的一课。

练　习

1. 从你的故事草稿中列出三个或三个以上的具体细节。这些细节必须是你觉得特别有趣，或“极富寓意”，可以进行很多不同的比喻的，也可以是你认为故事中必不可少、但你又不知道究竟为什么的。

2. 思考每个细节，并为它们分别写上几段；这些段落也许可以发展成为情景或描述，或者可以帮助你写出更丰富、更深刻的故事。

酌情考虑以下几点：

● 详尽地描述其中一个具体细节，包括它所经历的任何变化。在描述中尽情使用隐喻。

● 描述这一细节如何出现在人物的生活中，包括在任何与此相关的小故事、小事件中。

● 如果有的话，请描述人物如何同这一实物相处（包括任何神秘的大小礼仪），以及这个实物给人物带来什么回忆或联想。

● 围绕这一细节或实物展开“自由联想”，让它引发某些回忆，或者从你自己的生活中还原出这份回忆（什么都可以）。

改写故事 Rosellen Brown

Rosellen Brown，出版过十部作品，其中包括五部小说：*Half a Heart*，*Before and After*，*Civil Wars*，*Tender Mercies* 以及 *The Autobiography of My Mother*；三部诗集：*Cora Fry*，*Cora Fry's Pillow Book*，以及 *Some Deaths in the Delta and Other Poems*；一部短篇小说集 *Street Games*；一部诗歌、散文和小说的杂集 *A Rosellen Brown Reader*。她的小说多次被收录进《美国最佳短篇小说选》、《欧·亨利奖作品选》，以及《手推车奖作品选》等。她的一部作品还被选入约翰·厄普代克选编的《美国世纪最佳短篇小说选》(*The Best American Stories of the Century*)。同时，曾获由美国文学艺术学院文学奖，英格拉姆·米瑞尔（Ingram Merrill）基金会，珍妮特·卡夫卡（Janet Kafka），约翰·西蒙（John Simon）古根海姆基金会以及美国国家艺术基金会和本丁学院颁发的奖项。目前，她在芝加哥艺术学院教授创意写作硕士课程。

这一个练习听起来不是很吸引人，甚至不太像一个练习，但它却是我学到的最重要的、在写作时必须铭记于心的一件事。你应该一再重写自己的故事：换一个视角，来一个大改动，尽可能地给故事来个大换血。不要采用故事最初的开场方式，也不要看自己先前写的开头。重新开始。你可以把这种方法叫做温和法。

练　习

我告诉自己的学生，在我最满意的作品中，有些故事的开头糟糕、无聊到让我觉得，把它们给任何一个不是职业作家的人看，都会让我蒙羞。所以，有时候我会把自己的写作稿带到课上给学生们看，以此证明我没有言过其实。但是问题就在这里：所有的（或者几乎所有的）工作都应该在第一页写完之前完成。事实上，在刚写完第一段时，或在修改草稿时，你就应该考虑以下几个问题：

● 谁来讲这个故事？最明显的视角并不总能为你提供观察人物、情节最有利的角度，或者保证最大的叙事强度。如果你在初稿时选用了第一人称叙述，那么现在可以改成第三人称叙述。但这不只是把“我”改成“他”的问题，还需要重新考虑叙述者与人物、故事情节之间的距离。如果你用第一人称叙述，那么叙述者和情节之间的联系有多密切？他知道多少情节的发展？故事的最佳叙述者是故事发生的主角，还是和故事保持一定距离的角色呢？最佳叙述者也许是一个或多个没有被故事影响到的旁观者？像在福克纳的“献给爱丽丝的玫瑰花”中，叙述者用的是代表镇上居民的声音来讲述的。

● 如果一开始你用的是过去时，现在可以试试现在时；你需要的是一种即时感，还是一种追忆式的反思？我们是亲耳听到故事正在发生（当然，这是不可能的，但可以说“好像”，这是我们一贯的用法），还是在事后重温这段经历呢？如果是后者，那么是简单过去时。那么，它是刚刚发生在“过去”，还是对一段久远的过去、一段久久萦绕心头的记忆、一段对多年前岁月的回忆呢？

● 你的故事开头是否时机恰当？比如说，不是描写人物刚从睡梦中醒来的心理，也不是正在驶向将要发生的险境、车轮却停止转动，而是恰好撞上险情。

● 你想以一段总结性的陈述开始吗？例如，“虽然他的生活并不完美，但他却热爱这样的生活”；或以开门见山、单刀直入主题的方式开始呢？例如，“婴儿第一次躺在她的童车里”；或者甚至是在人物的交谈中开始呢？

● 你能把人物放置在一个极端偏离主题的情境中，从一个完全不同的角度关注他吗？例如，我在《步入天堂的资格问卷调查》这个故事中，有意让故事的叙述者死去，并要她填写一份天堂申请表，在故事的结尾，在她为自己所选择的生活之路进行了一番辩解之后，她以对天堂法官的斥责结束了她的申请，斥责任何一个可能读到这份申请却未能理解她对正义的渴望的天堂法官。

- 叙述者对事件进展的语气和态度如何？是认真、调侃、痛苦，还是生气？
- 什么样的语言能最好地表现出这种语气？口语的、正式的、意思清晰的，还是夸张炫耀的？
- 找一部你喜欢的作家作品集，专门研究开场白和开头的段落。别人的故事和小说是你最好的老师。

在仔细思考这些作家丰富多彩的作品时，你会明白为什么不能采用自己初稿的写法。你可以把一个场景压缩成一句话，再用十几个小细节扩充它；将镜头拉近，来个特写，或把镜头推远，来个全景；把它写成一封寄出的或尚未寄出的书信，一张自杀前的便条，一幅照片或一本使用指南中的描述等等。这样的例子多种多样，像是乔纳森·斯威夫特[①]的《奴婢训》，洛林·穆尔[②]精彩的作品集《自立》。折弯它，扭转它，把玩它。对待你的故事就像对待一块没有固定形状、伸缩自如的黏土一样，多加改动。最初的想法不一定是最好的；事实上，它也往往不是。

纪实文学同样使用了这些改动，其中经典的例子是珍妮特·马尔科姆[③]刊登在《纽约客》上的文章。她的作品中有

---

① 乔纳森·斯威夫特（Jonathan Swift，1667—1745），英国18世纪杰出的政论家和讽刺作家。代表作是《格列佛游记》（1726）、《一个小小的建议》（1729）等。《奴婢训》是斯威夫特发表于1731年的短文。

② 洛丽·莫尔（Lorrie Moore），美国当代小说家。

③ 珍妮特·马尔科姆（Janet Malcolm ），美国作家，同时也是《纽约客》杂志的记者。

段对画家大卫·萨利[1]的外形描述——《四十一个错误的开始》（这个短篇还被收录在杂志资料库和大卫·雷姆尼克[2]的《人生故事》这本文集里）。你会发现描写一个人物有多种多样的方法，这部作品中的人物都是真实而非虚构的。显然，马尔科姆也并不确定表达主题的最佳方法。我建议，你有意地将这种不确定性带入作品的创作中去。这可能影响写作的速度和效率，但是你会发现，最丰富圆满的作品也许就隐藏在最意想不到的地方。

最丰富圆满的作品也许就隐藏在最意想不到的地方。

① 大卫·萨利（David Salle），美国当代画家。

② 大卫·雷姆尼克（David Remnick），美国新闻记者，作家。自1998年以后，开始担任《纽约客》杂志的主编。《人生故事》是雷姆尼克2000年编辑出版的作品集。

大场景 Sandra Scofield

Sandra Scofield，出版过七部小说，其中包括曾获国家图书奖提名的小说 *Beyond Deserving*。她最近的作品是一本回忆录 *Occasions of Sin*。她所著的作家写作技巧指导书 *The Scene Book*，已于 2007 年由企鹅出版社发行面世。以下练习也选自该书，并作了适当的修改。

我反复注意到，初学创作的作家都害怕描写“大场景”。他们对有两三个人物在场的小场景应付自如，但是，一旦向他们提出故事确实需要多一些冲突喧闹的时候，他们的写作就戛然而止了。“我怎么掌控全部的情节？”他们问我，“当这么多事情都在进行的时候，你怎么安排呢？”

答案很简单，同你安排其他场景一样。方法是，想想以下问题：

A：场景的作用和目的：为什么需要这个场景，它为什么会出现在这里？

B：场景的动力，或它的动力之源；

C：场景的形态，即它的结构，以及

D：当然！还有它的情节和情感。

描写此类场景的最佳办法是，以作家的眼光观察这些场景。顺便说一下，这种方法也相当有趣。这里有两个阅读练习能帮助你了解如何构建大场景。

记住：“小节”是场景中情节的小单位，它从情节和情感两个方面推动场景的发展。

练　习

1. 阅读大场景描写，寻找小节

把一个大场景的描写读上几遍，直到感觉自己已经把握了它的来龙去脉，并能把它牢记在心里为止。然后研究它的构成要素。判断场景的焦点：它要反复回到哪一个点上？交谈和争论的话题是什么？是一个人？一件事？是一件过去的事情，还是一件即将发生的事情？明确这一焦点。

通过列举情节的各个小节来分解场景。然后仔细阅读这些小节，并在最重要的小节标上记号，或画上横线。这些小节组成了场景的核心，并和焦点事件与人物相联系。然后，其他小节有什么效果？仅仅促成主要情节的发生，还是以某种方式突出主要情节？找出发生冲突、卷入冲突或避免冲突的小节，在这些小节的结尾，冲突并没有得到解决，于是故事进入了下一个场景。

想想事件的性质和环境如何共同推动了场景小节的流动，促进戏剧性情节的发展。

这要下很大工夫！一开始，你可以观察一个场景，集中精力只分析一个要素。然后再回到场景中，加入另一个要素进行分析；或者也可以转到另一个场景上，这次同时分析两个要素，等等。

最好的例子就是你自己喜欢并欣赏的作品。总的来说，大场景的描述很具挑战性。也许你会觉得写得很不顺，没有关系。这种情况可能以后还会出现，也可能永远不再出现。也许你可以像艾丽丝·蒙罗的短篇小说《不同》中的创意写作老师那样，同自己作品中的人物谈写作："要写的东西太多了。同时要叙述很多事情，还要描写很多人物。想想，他对她说。最重要的是什么？你想要我们注意什么？想想。"

2. 大场景档案

花些时间想象一些情景和人物，它们可以在适当的背景下构成一个大场景。列出你能想到的、能使人们聚集在一起的背景、情景和事件，越多越好。

每次选一件事或一种情形，想象它可能引发的冲突，例如，在酒吧里打架。然后再想想这种情形下会发生的冲突——这种冲突与事件本身或与当下情景毫无联系，却可能发生。（例如，在生日聚会上，家人和朋友碰上了一个“不速之客”，破坏了原本欢快的气氛。或者在公司会议上，大家知道了一个人意外怀孕的消息，等等。）

将看似越是不相干的事情联系在一起，你的场景就会变得越有意思。当然，要观察现实生活，寻找灵感！

这个思路只是为了拓宽你的视野，发现多种可能性。不断添加你自己的场景。将看似越是不相干的事情联系在一起，你的场景就会变得越有意思。当然，要观察现实生活，寻找灵感！

时间穿梭：四段式小小说

Nancy Reisman

Nancy Reisman，出版有长篇小说 *The First Desire* 和短篇小说集 *House Fires*，后者获得艾奥瓦短篇小说奖。她的小说收录在多本杂志和作品集中，包括《2005年欧·亨利奖作品选》、《2001 年美国最佳短篇小说选》、*Bestial Noise*：*The Tin House Fiction Reader*、《凯尼恩评论》、*Glimmer Train*，以及《密歇根评论季刊》。她曾获得国家艺术基金会、威斯康星州创意写作研究院（The Wisconsin Institute for Creative Writing），以及马萨诸塞州的普罗文斯顿文学创作中心（Fine Arts Work Center in Provincetown，Massachusetts）的资助。过去几年，她在密歇根大学、佛罗里达大学的本科生以及研究生的小说创作工作室任教，现任教于范德比尔特大学。

对我来说，小说创作似乎总是被一些与时间有关的大大小小的问题困扰着：如何在时间中自由穿梭而不迷失方向，如何体现某段经历的时间感，如何将时间感和情感强度、思想状态以及回忆联系在一起。对于新作家来说，解决这些问题的一个基本要点就是练习场景和形象之间的互动描写转换，或单独练习场景或形象描写，这包括对时间的瞬间变化，紧张强度及相对缓慢推进的体验以及概括。这个练习可以帮助作家快速地穿越更大的时间跨度。我想，将这些要素结合在一起，试验不同的组合、观察它们产生的效果，能让新作家从中受益。

小小说的一个优点就在于它的简洁精炼，能使作家将整体概念化，能立竿见影地看到时间游戏如何影响一个作品和阅读它时的体验。

如何在时间中自由穿梭而不迷失方向，如何体现某段经历的时间感，如何将时间感和情感强度、思想状态以及回忆联系在一起。

诗人、小说家罗恩·华莱士要求他的学生写“一页小说”。“一页篇幅的小说”这一想法能解决关键性问题，还有更大的实际作用。仅仅一页的描写如何快速覆盖一个重要的时间段，并记录下其间的信息，同时还能呈现出极强的即时感和极大的情感强度，有力地吸引读者呢？

在罗恩·华莱士的启发下，我发明了一个写作模板，针对的是时间跨度很大的小小说创作。这里提到的四段式模板还只是个开始，我希望作家们能扩展它、修改它、分解它，重组上述要素，乃至重新发明自己的模板。在修改后的短文的最成功的例子里，这个“模板”成了一个背后的隐形结构。

练　习

我当初设计这个练习是给成年作家用的，就是说使用这个练习的作家最年轻也得满十七八岁。但是，在具体应用中也可以做些调整。四段式模板如下所示：

1. 第一段：集中于童年记忆中的某个时刻，并用精确的感官细节描写那一时刻。我建议描写十二岁或十二岁之前的某一童年时刻。

2. 第二段：以“在接下来的十年里……”这样的句子开头，将写作引向概述。

3. 第三段：以两句对话开始，进入场景描写。这使重点又回到对瞬间时刻的描写上，增加了情感强度。

4. 第四段：以“此后的几个星期中……”这样的句子开头，再把作品引向概述，拓宽视野。

这个练习的一大收益是，它能鼓励新作家熟悉使用表示时间的介词。我把介词看作语言中默默无闻的大英雄：它们才是确定方位和时间的关键，能让作家在时空中自由穿梭，清楚界定各种关系。

小小说有它自身的写作规律，但是，它也可以作为小规模的写作模型（既是字面意义上的，也是概念意义上），作家经常用它发展为较长的故事和长篇小说；它还可以用做其他写作指南的方法比较。作为作家，我喜欢刻画人物的内心世界和他们的思想状态。我也写时间跨度很长的作品：在这样的作品中，我常常在寻找方法，把一个时刻融入更大的人生故事中。作家应该界定精确的时空点，明确这些时空点所处的较大的背景，并找到联系时空点和背景的方法。这一根本创作思路贯穿于小说创作的很多方面。

运用后视镜 Joy Passanante

Joy Passanante，现任爱达荷大学创意写作系副主任。她的诗歌、散文和小说刊登在多种杂志上，包括：《盖茨堡评论》（*The Gettysburg Review*），《短篇小说》（*Short Story*），《大学英语》（*College English*），以及《阿拉斯加评论季刊》。她的小说、诗歌和剧本数次获奖，包括两次爱达荷艺术委员会奖和一次资助。她写过三本书：*Sinning in Italy*，*My Mother's Lovers* 以及 *The Art of Absence*。她的小说曾获本·富兰克林（Ben Franklin）奖的提名，爱达荷州年度图书奖（Idaho Book of the Year Awards）以及 2002 年、2004 年的前言杂志图书奖。

这个练习可帮助作家将小说以及纪实类文学作品创作的若干要素和技巧结合起来，尤其是背景、气氛、对话、人物乃至研究。

练　习

1. 想象你的父母正处在他们生活的一个重要的转折点上。这发生在你出生之前，可能是他们的初次相遇、首次约会，或第一次接吻；也可能是他们的某次争执，或重大决定，比如买房、生孩子、离婚、私奔。

2. 在一到两页纸上，写两个情景，分别从父母亲的不同角度戏剧性地展示这一时刻。都用第一人称叙述。要展开这些情景，你要通过对话、背景和气氛进行描写。

3. 注意：你可能需要就如何充分、复杂地展开情景进行一些研究。例如：这个重要时刻是什么日期？当时人们穿什么样的衣服？当时有哪些流行的或极具时代特色的俚语？你也许可以通过观察旧照片来了解父母的外貌细节，以使你的人物生动鲜活。你也可以采访父母。当然，发电子邮件和打电话采访都可以。当时他们在哪里？在室内吗？那么，房子或建筑物的内部装潢有哪些特点？在室外吗？当时他们在看什么？父母对当时的环境和气氛感受有何不同？

这个练习能帮助你迅速完成一篇完整丰满的故事或个人随笔。

戏水伙伴 Amy Bloom

Amy Bloom，出版有长篇小说 *Love Invents Us*，以及两本短篇小说集 *Come to Me* 和 *A Blind Man Can See How Much I Love You*。前者曾获得美国国家图书奖提名，后者曾获美国国家书评奖提名。她的作品被收录进《美国最佳短篇小说选》、《美国欧·亨利奖作品选》以及众多其他文集中。她曾经为《纽约客》、《纽约时报》、《大西洋月刊》、《时尚》（*Vogue*）、《石板》（*Slate*）以及《沙龙》撰稿，并曾获得过国家杂志奖。*Normal*: *Transsexual CEOs*, *Crossdressing Cops*, *and Hermaphrodites with Attitude* 是她的第一本非虚构作品。该书探讨了性别差异。Bloom 现在耶鲁大学任教，居住在康涅狄格州。

练　习

这个方法适用于工作室，这个练习可以在两个共同写作的朋友之间进行，也可以在课堂上，或几个作家组成的创作小组中完成。

1. 戏水伙伴

小时候，我参加了一个日间夏令营，营地里有两张野餐桌，紧挨着一片湖水。每一个人都有一个戏水伙伴，他在老师去抽烟的时候，保护你以免溺水。

每个作家也都应该有一个戏水伙伴。在我的写作工作室，无论喜欢与否，每个作家都有一个戏水伙伴。由这个伙伴来阅读你的第一稿和第二稿，并在讨论会上朗读你的作品，为你美言几句，还要指出其中的难点。他可以防止你犯以下错误：中途更改时态，写错主人公的名字，避免你写出让你过后难堪的句子。

作家常常会喜欢上自己的伙伴。事实证明，在纠错、处理不恰当的隐喻、从表达欠妥的句子中理解作者的原意这些方面，几乎任何人都比作者本人做得好。

2. 用肖像/语言揭示人物

将班上所有的作家每两人分成一组，同组的两个作家互不认识。练习如下：同组的作家彼此交谈二十分钟，然后描绘对方的形象。整个练习需要四十分钟。

之后，各个小组依次朗读自己的作品。我鼓励大家留心听以下几个内容：一些次要却有趣的细节（两个肖像描写好像经常通过语言、人物或所选的细节产生联系）、语气与声调还有措词，以及这三者如何创造出一个特别的声音或人物。

练习的关键是：只有用心观察，才能有所发现。而且，每一个单独的句子都反映了一种观点。

学生们很快就能了解作家刻画人物形象的方法，甚至是无意间就能了解到。我鼓励他们，把听到的肖像想象成既是作家本人的肖像，也是对被描述对象的肖像。有时候，我会让他们为人物加上一点变化，重新刻画人物形象。例如：你们是一年没见面的情人；你们准备分手；她身患绝症，还没人告诉她。这使我们能进一步关注人物，以及故事与人物、语言之间的相互作用。

听声音找感觉 Victoria Redel

Victoria Redel，诗人和小说家。她最新的作品有 *Loverboy* 和 *Swoon*。*Loverboy* 已被改编成电影，并由 Kevin Bacon 执导。目前，她在沙拉劳伦斯学院任教，同时在哥伦比亚大学教授研究生课程。

我常常发现，作为一名作家，我已经文思枯竭，为小说应该如何发展提心吊胆——人物应该如何采取行动，故事情节应该怎样发展——事实上，当我相信知道了故事情节应该怎样发展的时候，语言表达又成为真正需要我关注的重点。尽管我认为在小说中，情节不是中心，或者没那么重要；但在情节的编排上，我还是会很苦恼，还是会钻进死胡同里去。正是通过遣词造句，我发现了人物和戏剧性行为的多种表现方式。

我是先写诗歌，后来才创作小说的。所以，我坚信，在强调语言的节奏和表达的可能性上，文学作品的形式和内容之间没有区别。为了让自己重新熟悉语言和句子的节奏，我有时是在故事中，有时是在一些练习里，玩一些游戏来自得其乐（像在乐器上弹奏音阶或来一段即兴小调）。可以玩的游戏有很多。我还欣喜地发现这些游戏将作品从被以前强加的“想法”的限制、束缚甚至压抑窒息中解放了出来。所有的游戏都有规则。我还发现这些规则最后还能带来写作的惊喜和自由。如果我只是研究“情节”的发展，将永远享受不到这种惊喜和自由。

然而，我并不是说，所有或是任何的规则都能成就完美的作品，但确实有些规则能产生奇妙的结果。

练习

1. 选词

写一到三页，只用单个的字词描绘一个情景。对语言的必要锤炼，或推敲“我想要说什么”和“必须要说什么”，能产生意想不到的表达效果。我常常会在文中加入一些没来由却又非用不可的词，通过聆听语言和对语言的精益求精的锤炼，能使我理解故事，并创造出情节。

在强调语言的节奏和表达的可能性上，文学作品的形式和内容之间没有区别。

2. 造长短句

用句子描绘一个情景，每句话不超过五个词。这个练习的有趣之处在于：发生的故事是什么，以及如何用语言讲述这个故事的发生，这两者变得密不可分。

然后，试着用很长的和很有分量的句子描述一个场景。我能把一句话扩充成一大段话吗？注意这个句子的效果。然后，我能在这段话之后再接上另一个更长的段落吗？把握句子的可塑性非常有趣。坦白说，我就是这样学习语法的。状语从句或定语从句会给整个句子带来怎样的变化？当介词短语不断累加到句子中时，句子听起来会有什么不同？

从这里，你会发现无限扩展的可能性：短句，长句，然后是段落。如果仅仅一个段落就写好几页，会有什么效果？相反，如果几个段落都只有一句话，又会产生什么效果？

登场：构建更大的场景 Lynne Barrett

Lynne Barrett，出版过两部短篇小说集 *The Secret Names of Women* 和 *The Land of Go*。她的短篇小说被收入 *A Dixie Christmas*，*Mondo Barbie*，*Simply the Best Mysteries*，*Literature：Reading and Responding to Fiction*，*Poetry*，*Drama and the Essay* 等文集。她还为儿童歌剧 Cricketina 创作了剧本，并合编 *Birth：A Literary Companion*。曾获埃德加最佳神秘小说奖以及国家艺术基金会奖。目前，她任教于佛罗里达国际大学，教授创意写作硕士课程。

在读大学时，我上过舞台灯光课。之后又在学校最古老的剧院里，做过舞台灯光控制。我常常站在舞台的侧面，靠近舞台的左前方。在这里，我可以看到台上的演员和准备登场的演员。我想，从这个角度，我能理解到人物登场的戏剧性意义，认识到伴随新人物的登场，故事中的人物关系会发生怎样的变化。

在教学中，我发现，作家在小说的开头，常常只会构建一系列小场景，其中只出现一两个人物。这么做很自然。一开始只描写一个人物，或是在一系列一对一的邂逅中描绘这个人物，会让我们觉得得心应手。但是，在令人印象深刻的小说中，私人的小场景与公开的大场景之间会形成对比，人物的登场与退场得到充分有效的利用，能实现戏剧性的效果。看看在《傲慢与偏见》中，简·奥斯汀把所有人物都聚集到尼日斐的舞会上，促进了主要情节和次要情节的发展。在《使节》中，亨利·詹姆斯用其他人物的登场与发现，用法国人的方式点醒斯特雷泽；在《了不起的盖茨比》中，菲茨杰拉德把尼克·卡拉威带到盖茨比的聚会上，让他在整个聚会过程中一直寻找房子的主人。你会发现，将单个人物放置到众多人物之中，探索某个社交场合的戏剧效果，你将从中得到乐趣和满足。

要做到驾轻就熟，你还需要一些练习。为了获得信心，更好地了解人物及其之间的关系，你可以练习构建场景，为不同的人物描写对话，将主要人物置于人群之中。当在故事或小说中出现类似的场景时，你就能应付自如。

我在这里提供的练习步骤能够帮助作家在构建场景时做出选择。第一步给你一个结构群，这在所有的小说中都有用，而最复杂的建筑会有助于描写大场景或作为小说的背景。

练　习

你应该按照不同的写作步骤做如下的练习。每天只练习一个步骤。步骤六和步骤七可能需要花更多的时间加以练习。

1. 选择一个有许多人物登场的场景。例如：聚会现场、办公室或俱乐部等，只要是任何人物能够交谈和倾听的场所都行。先以两个人物之间的对话开始。然后再加入第三个人物。人物之间的互动关系也要随着这个人的加入发生变化。人物的登场可能在预料之中，也可能不期而至，给剧情发展带来一定的阻碍。

2. 让这三个人物一起谈论第四个人物。

3. 然后让第四个人物登场。让这四个人物一起交谈。

4. 让其中两个人物私下交谈（可以是片刻的交谈，也可以是长达整页的对话），同时其他人物在一旁，被其他的活动所吸引。

5. 让其中一个人物离场。让其他几个人物一起谈论他。

6. 然后，回过头来再练习一遍。还是用刚才描写的场景和人物，但是这次是从内部展开的情节开始写起，选择一个即将登场的局外人的视角进行叙述。

构建你的局外人物，表明他的需要。让他见到自己喜欢或期望看到的人物。然后将这个叙述者带到场景中，让他看到、听到、注意到整个事件的发展（人群、场面以及感觉细节），并让他与其他人物或者人群相遇。

若是选择在步骤一到步骤五中构建出来的人物，你可以很有信心地把他们描绘出来。同时，你会意识到他们交谈的内容可能比叙述者知道的要多。这能产生很强的立体效果。

7. 想一个能够让你的人物出现的新的场景，这里会有更多的人物陆续登场。在考虑人物的登场和离场的时候，想想这个事件的各个阶段，无论是野餐、单身派对还是葬礼。当有更多的人物登场之后，将他们再细分为各个小的群体，比如在婚宴上同坐一桌的人。在阅读的时候，留意你所欣赏的作家是如何使用这些技巧的。

抒情文体写作中的五秒场景 Steve Almond

Steve Almond，出版过两部短篇小说集 *The Evil B. B. Chow and Other Stories* 和 *My Life in Heavy Metal*，一部文集 *Candyfreak：A Journey through the Chocolate Underbelly of America*。他与小说家 Julianna Baggott 合著的 *Which Brings Me to You：A Novel in Confessions* 已于 2006 年春天出版。他曾在《花花公子》、《锡屋》（*Tin House*）、《映画故事会》（*Zoetrope：All-Story*）、《弗吉尼亚评论季刊》、《犁头》及其他刊物上发表过作品。他的小说被收录在 2003 年《南方新故事》，《映画故事会 2》和《美国最佳色情文学》（*The Best American Erotica*）。他曾获得过 2002 年的手推车奖，并在 2001 年获国家杂志奖提名。目前，他在波士顿学院以及葛拉布街公司教授创意写作。葛拉布街公司是波士顿当地一所非营利性的创意写作中心。

许多年轻作家认为，如果他们能赋予作品以丰富的语言美感，真实性便能跃然纸上。其实，事实恰恰相反。努力准确地刻画复杂真实的情感才能将语言升华到美的境界。

这个练习试图在作家情感渐入高潮的时候，迫使他放慢速度写作。这样，他才能如愿地凝练出细致的感官知觉和心理情感，将叙述升华为优美的抒情诗。

练　习

1. 写一段捕捉你生命中某一激情时刻的小场景，例如第一次接吻，第一次深感惭愧，或第一次受到惊吓。

2. 场景的发生时间不超过五秒钟。也就是说，你要写努力准确地刻画复杂真实的情感才能将语言升华到美的境界。

一个发生在极短的时间内的事。

3. 集中注意力，放慢速度，深入挖掘内在的动力。这里的关键在于：你要克制自己，不要匆忙落笔行文。你必须捕捉到在这段极短的时间内发生的每一件事。

4. 这样的凝练能将你的作品升华为优美的抒情诗。而抒情诗的特点也正是它对细致的感官知觉和心理情感的精炼描写。

5. 如果你发现一部小说或一篇故事中的某个情景描写过于仓促，你可以运用以上方法加以改进。节选一段五秒钟的场景，强迫自己记录下这段时间内发生在人物身上的每一件事，包括他们周围的现实世界和他们内心的情感世界中的事情。

通过隐喻产生意义 Christopher Busa

Christopher Busa，任《普罗文斯敦艺术》(*Provincetown Arts*) 杂志以及普罗文斯敦艺术出版社的编辑。他的采访和散文被刊登在 *Arts*，*Garden Design*，《巴黎评论》，*Partisan Review* 以及其他杂志上。他在宾夕法尼亚州巴里市的威尔克斯大学任教，教授研究生的创意写作课程。

当我判断作品好坏与否的时候，我不会将小说与纪实类文学作品区别对待。但是，作为《普罗文斯敦艺术》① 的编辑，我发现虚构作品必须比非虚构作品好上十倍，才能让我信服，同意将其发表。小说创作就是要让读者相信：小说中的现实比世俗的现实更引人入胜。小说作品已经融入了我们文化的血脉，在意思表达上不断精益求精，任何改进都能从中找到神奇的回声。因此，作品中的世界是由事实构成的具体素材和将这些素材黏合在一起的黏合剂共同构建的。像建桥一样，要构建这些卓越的横跨工程，的确需要一些工程学原理和技艺。

对于要构建他们宏伟的想象大厦，并且保持其永久矗立的作家来说，隐喻就是他们的黏合剂。艺术创作是多变而神秘的，而艺术家却是务实的，他们寻找具体的方法以实现他们的目标。据说，威尼斯艺术家丁托列托②因为白天被城市

① 《普罗文斯敦艺术》(*Provincetown Arts*)，美国杂志，始创于 1985 年，涉及艺术、文学、写作和戏剧等多个领域。

② 丁托列托 (Tintoretto，1518—1594)，意大利文艺复兴晚期最后一位伟大的画家。他最著名的作品是油画《天堂》。他的作品巧妙地利用透视和光线效果，是巴洛克艺术的先驱。

小说创作就是要让读者相信：小说中的现实比世俗的现实更引人入胜。小说作品已经融入了我们文化的血脉，在意思表达上不断精益求精，任何改进都能从中找到神奇的回声。

运河水面反射的光晃得眼花缭乱，于是，他在画室的工作台上安排释放烟雾，摆上几面镜子和蜡做的小模型。他可以旋转这些镜子和模型，这样，他就能从不同角度观察同样的物体。这个做法是为了激发灵感，建立事物之间隐喻的联系。

同样，作家也努力在文字、形象和思想之间建立联系。一幅栩栩如生的静物写生，如同一篇生动的作品，都是思维活跃的产物。隐喻就像用来装水的桶，是一个用来实施行为的手段。如果行为是我们的目标，那么我们必须要问，这个行为的目的是什么？这样，我们就发现，一篇作品开始于一个真正的问题，这个问题激发作家进行创作。从哪开始写作并不重要，因为如果你追寻着第一个自动浮现在脑海中的那个问题，你的无意识将带你找到你的兴趣所在。

写一个问题，问题中围绕着一个名词。反复审视这个问题和名词，就像它们被魔法变成了能够伸缩自如的东西。扩展这个问题，把它分割、放大、缩小成其他的形状、现实、真理。想想这一关键点如何孕育出你的想象力。一种奇怪的感觉搅扰得你心神不宁，那是一种无以名状的渴望。像厨师准备食谱上一系列的菜肴一样，你可以将问题分解成若干部分。若能从具体和宏观两个角度提出问题，一定大有裨益。例如，摩托车引擎中的一个气缸有什么功能？生命的意义何在？做好笔记；笔记是抵达你无意识的超级链接。想象力能帮助你找到一只梨和一只孔雀之间的隐喻关系，甚至会有一些更有趣的发现。

这个练习能帮助作家构建隐喻联系。

练　习

选三个能引起你共鸣的关键词。把它们放在各列的顶端，分别写出大约二十个与各个关键词相联系的词。我可能会这么做：

路	时间	鞋
旅程	福佑	蜗居
林间小道	饥饿	灵魂
目标	冰	渴望

在联想的过程中，你将完全受自己无意识的控制。无意识乐于把你玩弄于股掌之间，还可能把你引到不合逻辑的思路上去。但你应该像忠实的求婚者一样，锲而不舍。如果想到的单词不恰当，就再试一个。在笔记本上，用横线把不同列的单词连起来。这样，笔记本上会有很多词群，每个词群提示三个词之间的某种联系。在我的例子中，我把“旅程”、“饥饿”和“蜗居”分在一个词群中。这三个词足以构建一组隐喻，帮助我开始某一个故事的创作。“三”只是一组隐喻因素的参考数，适用于短篇小说写作。长篇小说可以根据这个比例适当增加隐喻的数量，以达到协调一致。两种迥异的事物之间隐喻性的联系，往往还需要作家具备另一种观察视角。总之，做隐喻和写一个结构平衡的句子，就像要在悬置在跷跷板两端的物体之间保持平衡一样。丰富多变的隐喻能组织作品的思路，它就像能量、质量和光速一样，也必须具备一个合理的等式所需的精确成分。

好的隐喻能消融“最深处的惶恐不安，这种紧张在形成之时就逐渐消失，就像是朝圣者脚下的万里征程”。

亚里士多德在《诗学》中说：“尤其重要的是善于使用隐喻字，唯独此中奥妙无法向别人请教；善于使用隐喻字表示有天才，因为要想出一个好隐喻字，须能看出事物的相似之点。”① 这个练习使我意识到隐喻的价值，使我忽然间想起三十年前读到的约翰·阿什贝利②的一句话——好的隐喻

① 转引自《诗学》（亚里士多德著，罗念生译，80页，上海，上海世纪出版集团，2005）。

② 约翰·阿什贝利（John Ashbery），美国诗人。诗集《凸面镜中的自画像》获得1976年普利策奖。

能消融“最深处的惶恐不安，这种紧张在形成之时就逐渐消失，就像是朝圣者脚下的万里征程”。当我们踏上写作这个征程的时候，我们也成为了朝圣者，而隐喻就是指引我们前行的路标。

为故事配上音乐 Christopher Castellani

Christopher Castellani，出版过两部小说：*A Kiss from Maddalena* 和 *The Saint of Lost Things*。获波士顿大学创意写作硕士学位。他现在是葛拉布街公司的艺术总监。葛拉布街公司是波士顿当地一所非营利性的创意写作中心。

我不是那种需要在完全安静的环境中才能写作的作家。事实上，我更喜欢在喧哗的、人声鼎沸的咖啡馆或在列车车厢里写作。如果房间过于安静，我会觉得自己好像又回到了自习室，就连自己笔记本电脑低沉的嗡嗡声都能听到。

但有时，周围太多的噪音又会让我分心，或至少和我正在试图创作的情景世界反差太大。这时候，我很难听到人物的声音，捕捉到他们的形象，透过外表进入他们的内心世界。我会被故事该如何发展，人物该如何做决定给难住。我想暂时把自己想象成我笔下的人物。但是由于我在咖啡馆或列车车厢待得太久了，所以不能将精力集中在小说世界里。

为弥补这个不足，我想给写作加点音乐。

练　习

戴上耳机，听一段你的人物也会听的音乐。如果故事的背景是 20 世纪 90 年代初，那个人物是某一类型，我就会听

“治疗”乐队[①]的歌。如果人物是生活在 1943 年前后的意大利乡村，我就会听他在当时当地从广播里可能听到的歌。

我从哪里找到这些歌呢？研究小说或故事的部分乐趣就是发现属于那个时代的音乐，并通过研究音乐，发现与当时文化相关的线索。大部分的图书馆都收集有各个时期、各个国家的音乐，这些图书馆都允许你把这些音乐借出来，**或至少有能让你在创作的时候在耳机里听这些音乐的条件**。

我强烈建议，要确定你正在写的故事有明确的时间和地点背景，你需要花一些时间暂时想象自己生活在那个时空——不仅通过音乐，还可以通过你能找到的许多不同形式的媒介。即使那是你生活过的时代，你也可能记不起所有的细节。读读当年的报纸杂志。读一读同你的人物相似的人写过的日记和信件。如果可能的话，去一趟人物生活过的城市的市政厅，查阅人物的履历、遗嘱和其他记录。这些能帮助你对人们的生活方式和价值观做出很具体的评判。

而给你的写作经历配上声音会产生许多非常显著的效果。

首先，它是达到移情效果的快速有效的途径，这正是你作为作家一直梦寐以求的：你把自己想象成作品中的人物，对音乐中的歌词和情感作出反应；想想歌曲的歌词和情景是不是能在人物的生活中引起共鸣。我的第一部小说以二战时期的意大利村庄为背景。我记得在写这部小说的时候，我一直陶醉在一首名为“La Piccinina”的意大利民歌中。在歌曲里，一个年轻人看着他深爱的女孩——却不能拥有她——只能透过商店的窗户注视着她。歌手不断升高的音调表达了他对爱情的渴望，这帮我在情感上更好地与那个叫维托的小说人物联系在一起，他的爱情没有得到回应。

---

① “治疗”乐队（The Cure，一译“怪人”），是一支成立于 1976 年的英国摇滚乐队。

第二，配乐能赋予句子这个时期特有的节奏和韵律。如果是历史小说，你可以收集一些在其他媒介中找不到的俚语和俗话。

第三，由于许多歌曲都是叙述性地讲一个故事，歌词往往能激发创作情节和人物变化的灵感。在20世纪50年代意大利低吟歌手的优美的曲子中，我找到了丰富的故事宝藏：结婚后带母亲一同住进新房的年轻人，渴望回到故土的妇女，走了样的圣诞节传统。

通常情况下，在写作时听的音乐不但为我提供了思路，还赋予我一种和人物共同经历人生的感受。我感觉同这些人物更加贴近，孤独感也因此减少。考虑到写作是件极为寂寞的事，所以任何摆脱孤独感的方法我都乐意分享和接受。

写作是件极为寂寞的事，所以任何摆脱孤独感的方法我都乐意分享和接受。

客体感受力 Robert Cohen

Robert Cohen，出版过三部小说：*The Organ Builder*，*The Here and Now* 以及 *Inspired Sleep*；一部短篇小说集 *The Varieties of Romantic Experience*。曾获怀丁作家奖（Whiting Writers' Award）、古根海姆奖、莉拉·华莱士《读者文摘》作家奖（Lila Wallace-Reader's Digest Writers's Award）、Ribalow 奖、手推车奖。同时，他还在许多刊物上发表过自己的作品，包括：《哈珀斯》、*GQ*、《巴黎评论》、*Atlantic Unbound* 以及《犁头》。目前任教于佛蒙特州的明德学院。

通常在初学者的小说中，我会发现小说的开头和中间部分比结尾更有趣、更富启发性。接近尾声时，作者蓄意的谋划主导了故事的发展，往往还推翻了早已构建的错综复杂、新颖奇特的结构和先前铺垫好的情节发展。也许这是因为对于聪明的新手来说，他们迫不及待，因而很难克制，禁不住想向幸运的读者展示自己所有的才华。然而事情往往过犹不及。有时，我们不需要过多的才智、技艺、知识和答案；我们需要的是更多的发问与质疑。这是仅靠技巧无法企及的。它需要作家的洞察力、耐心和双向思维的创作经验的沉淀，正如我们在契诃夫①身上所见。他的作品不是关于“了解”某一事物，而是关于同时理解两种相反的矛盾表现，进而深入探究，为之欣喜，亦为之哀伤。这成就了契诃夫那享有盛誉的冷峻笔调，以及悲喜交加，泾渭难分，勇敢与怯懦含混莫辨的独特文风。

---

① 安东·巴甫洛维奇·契诃夫（Anton Pavlovich Chekhov，1860—1904），俄国著名短篇小说家。

当然，我们不能都像契诃夫那样写作。但适当的双向思维和关注错综复杂的双重性（这是我们与这世界的本质）能帮助我们找到穿越故事中各种盘根错节的可能性的路径，并赋予故事强大的张力以实现这种可能。或许，这样做甚至是必要的。

我们很难抽象地讨论上述内容，所以，一种解决的办法就是动笔实践一下。

练 习

大声朗读一篇小小说的前五分之四的部分。为小说写个结尾。（我本人喜欢契诃夫的作品《小计谋》①，在小说出版二十年后，他修改了结尾，修改得非常、非常好，因为小说的第一个结局有点糟糕。）你可以和你的写作同伴一起写，也可以组成写作小组。如果你是老师，可以把它作为作业分派给班上的学生。

有时，我们不需要过多的才智、技艺、知识和答案；我们需要的是更多的发问与质疑。这是仅靠技巧无法企及的。它需要作家的洞察力、耐心和双向思维的创作经验的沉淀，正如我们在契诃夫身上所见。

把你写的结尾同契诃夫的第一个结尾做比较，然后再与第二个结尾作比较。这也许有益于我们强调济慈②所说的“客体感受力”的重要性。“客体感受力，即有能力经得起不安、迷惘、怀疑而不是烦躁地要去弄清事实，找出道理。”③

对一个小说家来说，这意味着不能因为要急于解决故事冲突，而将忠实描写已有的复杂情境和人物性格的义务置于不顾。它意味着置身于黑暗之中，不知道故事往何处发展，也许这样故事的发展会不合人意，而仅凭直觉探索前行，走出困惑。如果这些进行得顺利，那么你可能会发

---

① 《小计谋》(*The Little Trick*)，是契诃夫1886年发表的短篇小说。

② 约翰·济慈（John Keats，1795—1821），杰出的英国浪漫主义诗人。

③ 转引自王佐良：《英国诗史》，316～317页，南京，译林出版社，1993。

现你的结尾和契诃夫修改后的结尾大致相同。这是因为，倘若你忠实于故事里发人深省、神秘莫测的情境，那么，故事只会出现有限的几种合理的结局和与之相应的笔调表述。

修　改

七天七稿 Porter Shreve

Porter Shreve，出版过三部小说：*The Obituary Writer*，*Drives Like a Dream* 以及 *When the White House Was Ours*。他还与人合编了六部文学选集，目前任普渡大学创意写作硕士项目主任。

读研究生时，我听说雷蒙德·卡佛对其经典作品《大教堂》[①] 进行修改润色达三十遍之多。当时我就想，我还是干脆停笔不要写了吧。我写短篇小说至多修改两三遍，尽管我知道，从理论上讲，修改是伟大作品诞生的关键。常被收入文学选集的短篇小说语言精练，情节流畅，结局自然，读起来很容易。但重要的一点是我们要知道，这些作家大都呕心沥血，往往要花上几个月甚至几年的时间来创作。

为什么卡佛的措辞总是恰如其分呢？为什么他能发现匿名叙述者的心灰意冷与微妙的渴望交织在一起的特殊的声音呢？妻子和盲人作为故事的次要人物又是怎样促使叙述者做出改变的呢？卡佛又是怎样灵感一现使大教堂这样一个常出现在电视节目中的物质实体变成巧妙的象征，在故事最后寓意叙述者的精神突破的呢？卡弗的答案只有一个，那就是不断的修改润色。从我知道这件事开始，我就成了一个孜孜不倦的修改者，我也鼓励学生们这样做。

在任何一个有十到二十人的工作室里，要决定听从哪些

① 《大教堂》(*Cathedral*) 是雷蒙德·卡佛于1984年出版的短篇小说集。

人的意见是一件可怕的事。你也许特别注意导师的点评，同时会考虑一下某些同学的意见。但是，当你面对许多相互冲突的批评时，会很难集中精力，继续保持先前的昂扬斗志。你也许无心再对初稿做必需的大规模修改，而可能只是敷衍了事，比如零星地加个句子，改个句子，或者换个题目。当导师说“这不是修改”时，你又因此灰心丧气，认为自己遭到了误解，甚至会产生浅薄的抗拒情绪。独自写作的作家面临的挑战也许不同，但同样严峻。没有外界的建议告诉他们“删掉那个”、“加上这个”，他们常常不知从何下手。

不必将修改视为苦差事。对很多作家来说，写作的乐趣不在于用白纸黑字写成初稿，而是不断地调整“拼图”，直到所有部分都安排得天衣无缝。下面的练习会给你在较短的时间里打很多次草稿的机会。如果一切顺利的话，你会清除所有的修改障碍，每次修改都会让你感觉自己的作品越来越清晰、出色、深刻。

练　习

你总共需要写七稿，但每次修改时只需分别考虑故事的一个要素，而不必将所有问题都考虑在内。我推荐下面的修改顺序，但仅供参考：

初稿：人物
第二稿：冲突
第三稿：背景
第四稿：声音和视角
第五稿：情节和结构
第六稿：语言
第七稿：象征

每天应就一个指定的话题，记下同学、第一个读者以及自己的意见并加以修改。比如说，第一天修改与人物有关的内容；第五天修改与情节和结构有关的内容。每天集中精力修改那一稿中指定的要素。如果你的故事需要一个更能唤起人物情感的地方，那就去找能用感官细节描写那个特定环境的东西。第五天你要集中在宏观的图景上，修改情节和结构中事件的顺序。第六天和第七天，你要从微观入手，逐字逐句揣摩修改，使故事中的象征或潜在的象征更加清晰明朗。

对很多作家来说，写作的乐趣不在于用白纸黑字写成初稿，而是不断地调整“拼图”，直到所有部分都安排得天衣无缝。

你会经常发现，在一天即将结束时，修改过程才刚刚开始。如果时间充裕，你应该多花几天修改同一要素。要知道，仓促行事往往需要回过头来用更多的时间解决遗留的问题。比如说，第一天的修改也许使主要人物变得更加丰满，但次要人物也同样需要润色。如果你将故事视为有生命的文本，你会更乐于重新构思反复修改，直到所有部分都恰如其分，衔接得天然无痕。

每次修改都会让你感觉自己的作品越来越清晰、出色、深刻。

多就是多：一个修改故事的练习

Ann Harleman

Ann Harleman，出版有短篇小说集 *Happiness*，该书获得了艾奥瓦短篇小说奖，同时还著有长篇小说 *Bitter Lake*。她获过的奖项包括古根海姆奖、洛克菲勒奖，此外还获得两次罗得岛州艺术委员会奖金，以及柏林文学奖（Berlin Prize in Literature）、国际笔会 Syndicated 小说奖、欧·亨利奖和罗纳·贾菲基金会作家奖（Rona Jaffe Foundation Writers' Award）。目前任教于布朗大学和罗得岛设计学院。

我告诉我的学生，文学创作过程有五分之四都是修改。它是写作中最令人痛苦也最令人愉悦的部分。痛苦，是因为你必须毁掉之前创作的大量文字；愉悦，是因为屡次修改的过程即是作品逐步成形的过程。

修改主要有两种方式：一是删减，一是扩展。删减通常是首先进入脑海的选择。这使我们想起埃兹拉·庞德[①]对《荒原》的大幅压缩，或者是埃尔摩·莱昂纳多[②]提出的删除被略读部分的建议。在作家中流行着这样一句格言："杀死你的宝贝！"这句话强烈呼吁作家对作品进行删减，福楼拜、纳博科夫[③]和福克纳均不同程度地采用过这种方式。

① 埃兹拉·庞德（Ezra Pound，1885—1972），美国著名诗人，意象派的代表。《荒原》（*The Waste Land*，1922）是美国现代诗人 T. S. 艾略特的代表作，被庞德进行大篇幅的删减后推荐发表。

② 埃尔摩·莱昂纳多（Elmore John Leonard Jr.），美国小说家、编剧家。

③ 弗拉基米尔·纳博科夫（Vladimir Nabokov，1899—1977），美国小说家。著名作品有《洛丽塔》（*Lolita*，1955）等。

扩展则更为棘手，因为它是一个深入的过程，能够使故事中的想象更生动逼真。布伦达·尤兰[①]在《如果你想写作》一书中说得好："不要搜肠刮肚找到更好的词。试着更好地观察别人……观察他们——关注他们的动作、神情和感受。"在扩展过程中，情节、人物、背景、描写、对话和视角等所有小说成分会同时发挥作用，当然也会因故事而异，各自略有不同。对于修改问题的讨论往往仅限于删减，因为这种方式更容易被总结成规律。但是根据我自己和学生们的写作经验，我发现最好先扩展，再删减。当你知道必需的内容后就更容易看出哪些内容是多余的了。如果你能先看见"是"再看见"非"，在采取修改所必需的"小谋杀"行动时就会开心多了。修改更像是米开朗基罗发现大理石中隐藏着的形象的过程。作家和雕塑家的不同就在于：作家必须生成自己的大理石。通过增加初稿的深度和广度进行扩展，就能实现这一点。你的故事就隐藏其中。通常情况下，它与你开始时写的故事会有所不同。

文学创作过程有五分之四都是修改。它是写作中最令人痛苦也最令人愉悦的部分。

下面的练习会帮助你再次审视自己的作品。

练　习

第一步:挖掘

记住，现在的目标是深入你现有的作品中。重读你的初稿，抓住它给你的机会，让它对你说话。

首先，列出重复使用的名词、动词和形容词的清单。从中你发现主题了吗？形象呢？氛围呢？迅速写下你发现的内容，注意不要开始对故事的设想进行解释或澄清。两张清单

---

① 布伦达·尤兰（Brenda Ueland，1891—1985），美国作家。《如果你想写作》是她最有名的作品，发表于1938年。

合在一起就是你的检验清单。闭目后仰，用几分钟时间在脑海里回想一下这张清单。如果有更多的词汇和形象进入脑际，任其自然，不要写下来。

现在再回头看一遍你的初稿。用荧光笔分别标记令你兴奋的、心存疑虑的以及不甚明了的内容（格雷厄姆·格林[①]曾经说过，如果我们感到不确定，那就证明我们还活着）。最后，标记那些令你绝望的内容，即那些不起任何作用、你也无法令它们起死回生的内容。

这些标记的内容就是初稿给你的礼物。它们是可以在故事中深入挖掘、重新想象的部分。按顺序逐个处理这些内容。在处理时，请重读检验清单，在脑海中将该项内容过滤刷新。然后问问自己，在修改的段落里，你能看到、听到、触摸到、品尝到、闻到什么？最后再问问自己，是什么在变化（人物、事物、景物、天气——一切你能想到的）？我称此方法为六种感觉扫描法。现在将该段重写一遍。依此类推，直到修改完全稿。

当你把这项工作做完时，故事的长度、广度和深度都会增加。如果幸运的话，故事会面目一新。第二遍修改会更麻烦，但也会更丰富。现在行动起来重复上述整个过程吧！反复修改，直到你觉得来自内心的一个细小的咔嚓声告诉你"可以了"，这表明你的大理石已经雏形初现了。

第二步：寻找中心

故事在扩展了的草稿中屏息以待。但这不是你要写的故事，所以先把它放到一边。你现在需要做的是找到你要写的故事的"脊柱"，即它的中心。

对此我们无章可循。但你在第一步中付出的时间、精力

---

① 格雷厄姆·格林（Henry Graham Greene，1904—1991），英国小说家、剧作家、评论家。

和发挥的想象可能会帮助你从直觉上抓住故事的中心。（如果你没有做到这一点，你可以试着从工作室、作家班或者可信任的读者那里得到启发。）这个中心可能是某个形象、事物或人物的思考和感受，或是人物之间的交流，再或者是——这么说吧，什么都行！把这个中心置于重要的位置——开头、结尾、高潮——任何你觉得合适的地方都可以。

现在你需要在扩展了的草稿中找出符合你对故事中心新的理解的故事雏形。这个雏形就是故事的中心，在创作修改过程中它会逐渐显现。我觉得最有效的方法是“重新排列”。将草稿按场景进行切分（如果不能按场景切分就按章节切分）。尝试不同的切分顺序。不断问自己：这部分和中心有什么联系？如果你隐约觉得两者有联系但一时又难以确定，那么就把这部分内容暂且放到一边。如果很明显两者没有丝毫联系，那么就把这部分内容放到文件夹里，标注“备用”。

现在可以开始删减了。根据已确立的方位进行删减，问问自己，每个场景、段落、句子、词语与中心都各有什么联系？在故事中起什么作用？以前的扩展已使故事变得形象逼真，有血有肉。它不再是你的副产品，但同时又凝结了你的心血。你最不想做的事情大概就是阻止它长大了吧。

删减与添加 Brian Kiteley

Brian Kiteley，出版过两部小说：*Still Life with Insects*，*I Know Many Songs, but I Cannot Sing*；一部小说练习指导书 *The 3 A. M. Epiphany*。现任丹佛大学创意写作博士项目主任。

作家们如果想通过句子之间或段落之间无逻辑的跳跃来检验读者水平，这种方法是否会产生效果？故事的句子之间、省略的内容之间、篇章之间应该有怎样的关系呢？作家们应加强训练，尽量删减故事中没用的内容，并且从某种意义上掌握删减的内容，利用缺失的素材掀开故事的面纱，从而使读者在更大意义上理解故事中隐藏的故事，而不仅仅停留在表面的叙述上。

在事实的表面下，生活中充满琳琅满目的事物——它们被称之为过去。叙述应有一个光鲜的外表，但也应像你和你高中男友一起走过的结了冰的小池塘——你们拥抱、叹息，情意绵绵地用眼神交流，直到你偶然看见你男朋友的双胞胎兄弟在冰层底下瞪着你，张着胳膊祈求帮助，“冷”这个字清晰地凝固在他僵硬的嘴唇上。意义通常存在于小说的逻辑裂缝里。

我在写作时常常遏制着使叙述流畅连贯的冲动，因为流畅并无价值，只不过是对故事事实的扭曲罢了。不管他们的政治倾向如何，所有的作家都认为自己是现实主义者。但是通过下面的练习，作家们可能会知道，意义也可以产生于后台，比如灯光师、服装师、负责开关门的那个伙计，甚至还可以是观众看不见的电梯。

练　习

从你自己的一篇不成功的作品中选出600字，注意只要600字。这个练习的第一个规则是训练你学会从不成功的作品中找出最赏心悦目的部分。如果对一部作品不抱希望，也无所谓因此会失去什么，你就应该试着碰碰运气，勇敢地做一些在其他情况下不敢做的尝试。

作家们如果想通过句子之间或段落之间无逻辑的跳跃来检验读者水平，这种方法是否会产生效果？故事的句子之间、省略的内容之间、篇章之间应该有怎样的关系呢？

练习的第二个规则：从选段中的每三个句子中删除两个，也就是只留下一个句子。你可以删除任何一个句子。例如，你不必每次都删除第二个句子。剩下的内容也许令人费解，但你仍旧可以感受到某种意义在字里行间隐隐跳动，因为大幅删减后叙事线索经常会有幸得以保留。

练习的第三个规则：你只能添加句子或词组，而不能重新安排删减后的故事的原有顺序。

第四个也是最后一个规则：应该尽量在终稿的句子中保持删掉的句子甚至段落的感觉。这些缺失的句子和段落无须明显地显露出来，但必须确凿有形。有效的故事叙述就是删除不必要的步骤。

"婚礼太简单了，几乎毫无结果。牧师在整个婚礼上一直滔滔不绝，丝毫不给别人成为焦点的机会。婚宴勉强像样，只是桌子太窄，客人们只能坐在一侧。"这是加里·卢茨的短篇小说集《非常故事》中一篇题为《十月，尽善尽美》的小小说的百分之六十的内容。这些句子之间有什么联系呢？前两个句子勉强由"自我为中心的牧师"联系起来。也许牧师仅仅是做了主持婚礼这件自己该做的事？第二个句子和第三个句子间出现了焦点的转移，即从牧师和婚礼转移到了客人身上（作为最重要的客人的匿名

我在写作时常常遏制着使叙述流畅连贯的冲动，因为流畅并无价值，只不过是对故事事实的扭曲罢了。

叙述者并未真正现身）。

这个练习的最终成果应该不超过600字——添加的内容与一开始删除的材料的字数相近。

暗物质：小说修改的二十个问题 Jonis Agee

Jonis Agee，出生在内布拉斯加州，著有十部作品，包括最新出版的短篇小说集 *Acts of Love on Indigo Road*，小说 *Sweet Eyes* 和 *The Weight of Dreams*。曾在《艾奥瓦评论》（*The Iowa Review*）、《科罗拉多评论》（*Colorado Review*）和其他刊物上发表过小说和散文。曾获美国国家艺术基金会奖，两次 Loft-McKnight 小说奖，两次明尼苏达州艺术委员会小说奖和内布拉斯加州图书奖。她的三部作品 *Strange Angels*，*Bend This Heart* 以及 *Sweet Eyes* 曾被《纽约时报》评为年度值得关注图书。目前，她在内布拉斯加-林肯大学教授创意写作，同时担任内布拉斯加州夏季作家大会的负责人。

天文学家知道宇宙的大部分存在于黑暗、无形之中……暗物质产生的引力使天文学家观测到的事物保持运动状态。

练　习

1. 缺失场景：需要进行戏剧化处理的缺失内容有哪些？被提到的或总结的场景是否缺失？倒叙中的场景是否需要移到现在的叙述中？我们是否用最后 50 页来描写关键时刻的场景而你却跳过了某个场景？

2. 多余场景：我们个人喜欢的场景，但与小说的情节发展、主题、基调等无关。它们无法告诉我们有关人物的新的重要信息，因此只是我们自己的玩具娃娃而已。

3. 耳熟能详：现代公众感兴趣的话题中反复出现的千

篇一律的人物类型、人物遭遇、行为动机和关键事件。如果在“奥普拉脱口秀”、“蒙泰尔·威廉姆斯脱口秀”、畅销书、报纸杂志上都提到过，并且在你两位朋友或亲属身上都发生过，那就把叉子插进去吧，它已经熟透了。

4. 保持距离：保持中立的问题。可能涉及语言、风格、行动、人物，特别是我们与之保持一定距离的人物。找找原因然后拉近距离。不要过度在意，总想得到社会的承认。完全的中立是不可能实现的——小说创作同汽车驾驶一样，除了前进，别无选择。

5. 激情创作：这解决了第四点中的问题，你需要全身心的投入。记住：你所充满激情的事会给你的写作注入激情，而这种激情又会传递给读者。充满激情地尝试，这是优势；使读者有所感触，有所反应。

6. 相信读者：我不笨——你也不笨。无须赘述每个信息、对话、主题和人物。让人物自己说话、行动，你不必形影不离。读者的乐趣在于看着故事层层展开，跟随人物感受他们的生活，并对故事的寓意得出自己的结论。过多的解释容易削弱情感。如果无法打动读者，作品的销量自然不会乐观。

7. 一气呵成：从头写到尾。**不要停，然后，再回过头来检查，你应该明白我的意思了吧。**在小说创作过程中，特别是在不能一气呵成的情况下，很容易在前几章被卡住。不要在每章、每页、每段或每个句子上停下来试图使它尽善尽美。你需要在最终定稿前的几稿中对小说进行修改，大概需要改三到五次。在计划时可以多几次。旁边放一张便笺纸，在奋笔疾书的过程中顺手写下不错的新主意和下一稿中可能做的调整。

8. 他们为什么不喜欢我的人物？人们需要的是能够引起我们同情或让我们感兴趣的人物，或者既让我们同情又让我们感兴趣。我们不关心你对他们是好是坏，我们也不关心他们是好是坏。你可以丑化或美化他们。没有百分之百的魔鬼，也没有百分之百的圣人。人是两者结合的产物，只是通常一方会占据主导罢了。一方面，不要过度惩罚或保护人物。赋予人物喜怒哀乐。每个人都会对生活中的某些事充满激情，哪怕有时仅仅是给信封正确地贴上邮票。不要给人物定型。没有绿眼睛的女人，除非她们身处入侵的宇宙飞船上。

9. 热度：在小说的开始部分，问题和冲突是必要的，由此我们可以感受到人物逐步上升的体温。灰烬之下的木炭可能随时复燃：炉里的新木柴在搅动后会燃起熊熊烈火；足够的热度会使任何事物随之改变形状。

10. 使戏剧弧线着陆：在检查小说的结构时，你需要安排事件，由这些事件构成开端、高潮和结局。在危机出现并解决后，小说就应该结束了。告别吧。不要因为想要看看人物在幸福乐土上怎样生活就不停地写啊写。故事是建立在出现问题和解决问题的基础上，而不是建立在人物毫无问题的生活状态上。因为那没有神秘可言。

11. 倒叙在召唤：通读作品找出倒叙之处在哪里。列张表。看看它们的长度。它们是什么时候在哪里出现的？为什么会出现在那里？它们是必需的吗？某些过去事件是否应该用现在时来描写？倒叙通常是我们为自己写的内容，目的是挖掘人物以及我们创造的那个世界的历史。哪些倒叙应该删减为一句话、一个词，甚至全部删掉？有时我们采用倒叙手法仅仅是在创作受阻的情况下的逃避罢了。慎用。它们可能会阻碍故事的发展、节奏和气势。

12. 封闭的世界：打开小说世界、揭示人物命运、营造时空氛围的方法之一就是将事实和信息置于叙述中。记住，我们在读小说时会有所收益。我们乐于面对不同的世界。打开你的世界。给叙述增加权威性。

13. 你好，我是独白者：用这种叙述形式写作时，第一人称不允许其他人物、事件、地点等因素出现的问题属于一个正常阶段。在动作、对话和描写方面尽量不使用“我”这个词。事实上，通读全篇，看看多大程度上可以摆脱第一人称的束缚。叙述者不必事无巨细，对每件事都发表意见、明确态度、流露感情、作出反应。别忘了，叙述者只是讲故事的人。让他做好自己的事情就行了。

14. 你好，我爱上了自己的声音：第三人称叙述者往往对自己的见解、态度、反应洗耳恭听，不厌其烦。再说一遍。讲故事就够了。没有人魅力无限。想象一下 7 月某个热浪滚滚的下午，你在芝加哥的奥黑尔国际机场跑道上停着的飞机里呆了四十五分钟，而旁边就坐着这样一个喋喋不休的叙述者，想想那是怎样的感受吧。你听到的就是读者听到的，这个喋喋不休的人就是你自己。所以只要讲故事就够了。

15. 摆脱情节的束缚：放松。在接下来的五本书里，你至少可以采用其中十五条额外的线索。我们经常出于害怕而使故事情节过于复杂：害怕我们的写作和措辞不够好，而如果添油加醋，没人会注意；害怕人物过于干瘪简单，而如果逼迫他们像爱因斯坦一样处理复杂问题，也没人注意；害怕自己真的无话可说；害怕故事不够活泼有趣，所以就添枝加叶使之生动传神。听着，最好的汉堡不管加了多少调料依然能够尝出肉味。

16. 家，温暖的家：读者们能找到我描述的地图上的那个地方吗？即使是一个虚构的地方，他们能否根据动植物、岩石和地貌特征勾勒出这里的街道、建筑和风景？他们是否了解这里的经济和天气状况？他们能否因为对人物家里、房间或办公室了如指掌就可以在黑暗中行走自如而不伤到自己？

17. 他不是大块头，他是我创造的人物：读者们是否能够根据每个人物显著的身体特征看见或者认出他来？表现在行动中和工作中的人物是否切实参与了某事？我们是否花了同样的时间描写人物的内心和外表？或者更多地关注了人物的外表而忽略了内心？

18. 最后的检查：每个场景、每个篇章是否都直接推动了故事的发展？事件是否安排在特定的时间从而使读者不必满腹疑惑、晕头转向？是否区分了倒叙事件和用现在时描写的过去事件？叙述视角是否前后一致？所有焦点人物都是必需的吗，或者只需要保留其中几个？每个场景都是由合适的人物描绘或讲述的吗？如果不是筋疲力尽，是否还有千篇一律和陈词滥调可以改动？是否还有永远没有能力写到的人物或场景？

19. 把稿子放上一周或一个月：之后，再拿出来，用客观冷静的眼神重读一遍——这种眼神不偏不倚，无好恶之分。这样可以看到你作品中的优缺点。鼓起勇气继续修改，或者投稿。在重读时你会知道自己需要怎么做。如果仍有疑虑，把作品送给别人阅读。把一本书放上一小段时间或几个月都无妨，当然长年累月放着是不行的。

20. 课程至此结束：去动笔写吧，写吧，写吧，写吧，写。然后修改。

作者的网站

Chris Abani **www.chrisabani.com**
Diana Abu-Jaber **www.dianaabujaber.com**
Jonis Agee **http:mockingbird.creighton.edu/NCW/agee.htm**
Steve Almond **www.stevenalmond.com**
Tony Ardizzone **http:www.indiana.edu/~girgenti/**
Thomas Fox Averill **http:www.washburn.edu/cas/english/taverill**
Lynne Barrett **www.lynnebarrett.com**
Douglas Bauer **www.douglasbauer.org**
Karen Bender **www.uncw.edu/writers/faculty-benderk.html**
Venise Berry **www.veniseberry.com**
Robert Boswell **www.robertboswell.com**
Amy Bloom **www.amybloom.com**
Christopher Busa **www.provincetownarts.org**
Tania Casselle **www.tcwriter.com**
Christopher Castellani **www.chriscastellani.com**
Alexander Chee **http:truenorth.typepad.com/fictioneer**
K. L. Cook **www.klcook.net.**
Clyde Edgerton **www.clydedgerton.com**
Cai Emmons **www.caiemmons.com**
Laurie Foos **www.lauriefoos.com.**
Kirby Gann **www.kirbygann.net.**
Sands Hall **www.sandshall.com**
Ann Harleman **http:faculty.risd.edu/faculty/aharlema/**
Michelle Herman **www.michelleherman.com**
Bret Anthony Johnston **www.bretanthonyjohnston.com**
Brian Kiteley **www.du.edu/~bkiteley/advice.html**
Sheila Kohler **www.sheilakohler.com**
Paul Lisicky **www.paullisicky.com**
Alison Lurie **http:people.cornell.edu/pages/al28/**

Renée Manfredi **www.reneemanfredi.com**

Edie Meidav **www.ediemeidav.com**

Sean Murphy **www.murphyzen.com**

Jayne Anne Phillips **www.jayneannephillips.com**

Robert Anthony Siegel **www.uncw.edu/writers/faculty-siegelr.html**

Leslie Schwartz **www.leslieschwartz.com**

Sandra Scofield **www.sandrascofield.com**

Porter Shreve **www.portershreve.com**

John Smolens **www.johnsmolens.com**

Debra Spark **www.colby.edu/personal/d/daspark/publications.html**

Susan Vreeland **www.svreeland.com**

Dan Wakefield **www.danwakefield.com**

Crystal Wilkinson **www.crystalwilkinson.com**

“创意写作书系”介绍

这是国内首次系统引进国外创意写作成果的丛书，它为读者提供了一把通往作家之路的钥匙，帮助读者克服写作障碍，学习写作技巧，规划写作生涯。从开始写，到写得更好，你都可以使用这套书。

“创意写作书系”丛书书目

非虚构类写作指导		
书名	作者	出版日期
自我与面具：回忆录写作的艺术	玛丽·卡尔	2017年10月
新闻写作的艺术	纳维德·萨利赫	2017年6月
回忆录写作（第二版）	朱迪思·巴林顿	2014年6月
写作法宝：非虚构写作指南	威廉·津瑟	2013年9月
写出心灵深处的故事——非虚构创作指南	李华	2014年1月
★故事技巧——叙事性非虚构文学写作指南	杰克·哈特	2012年7月
★开始写吧！——非虚构文学创作	雪莉·艾利斯	2011年1月
虚构类写作指导		
小说的艺术：给青年作者的写作指导	约翰·加德纳	2019年10月
超级结构：解锁故事能量的钥匙	詹姆斯·斯科特·贝尔	2019年6月
人物与视角：小说创作的要素	奥森·斯科特·卡德	2019年3月
从生活到小说（第三版）	罗宾·赫姆利	2018年1月
小说写作：叙事技巧指南（第九版）	珍妮特·伯罗薇等	2017年10月
★成为小说家	约翰·加德纳	2016年11月
小说创作谈	大卫·姚斯	2016年11月
如何创作炫人耳目的对话	詹姆斯·斯科特·贝尔	2016年11月
小说创作技能拓展	陈鸣	2016年4月
故事力学：掌握故事创作的内在动力	拉里·布鲁克斯	2016年3月
写小说的艺术	安德鲁·考恩	2015年10月
弗雷的小说写作坊：让劲爆小说飞起来	詹姆斯·N. 弗雷	2015年7月
弗雷的小说写作坊：劲爆小说秘境游走	詹姆斯·N. 弗雷	2015年7月
经典情节20种（第二版）	罗纳德·B. 托比亚斯	2015年4月
故事工程——掌握成功写作的六大核心技能	拉里·布鲁克斯	2014年6月
★冲突与悬念——小说创作的要素	詹姆斯·斯科特·贝尔	2014年6月
情节与人物——找到伟大小说的平衡点	杰夫·格尔克	2014年6月
★经典人物原型45种——创造独特角色的神话模型（第三版）	维多利亚·林恩·施密特	2014年6月
★30天写小说	克里斯·巴蒂	2013年5月

★情节！情节！——通过人物、悬念与冲突赋予故事生命力	诺亚·卢克曼	2012 年 7 月
★开始写吧！——虚构文学创作	雪莉·艾利斯	2011 年 1 月
★小说写作教程——虚构文学速成全攻略	杰里·克利弗	2011 年 1 月
综合类写作指导		
与逝者协商——布克奖得主玛格丽特·阿特伍德谈写作	玛格丽特·阿特伍德	2019 年 10 月
童书写作指南	玛丽·科尔	2018 年 7 月
心灵旷野：活出作家人生	纳塔莉·戈德堡	2018 年 1 月
来稿恕难录用：为什么你总是被退稿	杰西卡·佩奇·莫雷尔	2018 年 1 月
大学创意写作·应用写作篇	葛红兵 许道军 主编	2017 年 10 月
大学创意写作·文学写作篇	葛红兵 许道军 主编	2017 年 4 月
从创意到畅销书：修改与自我编辑	詹姆斯·斯科特·贝尔	2016 年 1 月
写作是什么：给爱写作的你	克莉·梅杰斯	2015 年 10 月
故事工坊	许道军	2015 年 5 月
写好前五十页	杰夫·格尔克	2015 年 1 月
作家创意手册	杰克·赫弗伦	2015 年 1 月
创意写作教学（实用方法 50 例）	伊莱恩·沃尔克	2014 年 3 月
你的写作教练（第二版）	于尔根·沃尔夫	2014 年 1 月
诗性的寻找——文学作品的创作与欣赏	刁克利	2013 年 10 月
创意写作大师课	于尔根·沃尔夫	2013 年 7 月
★一年通往作家路——提高写作技巧的 12 堂课	苏珊·M. 蒂贝尔吉安	2013 年 5 月
写好前五页——出版人眼中的好作品	诺亚·卢克曼	2013 年 1 月
畅销书写作技巧	德怀特·V. 斯温	2013 年 1 月
成为作家	多萝西娅·布兰德	2011 年 1 月
类型文学写作指导		
开始写吧！——推理小说创作	劳丽·拉姆森	2016 年 7 月
开始写吧！——科幻、奇幻、惊悚小说创作	劳丽·拉姆森	2016 年 1 月
弗雷的小说写作坊：悬疑小说创作指导	詹姆斯·N. 弗雷	2015 年 10 月
网络文学创作原理	王祥	2015 年 4 月
好剧本如何讲故事	罗伯·托宾	2015 年 3 月
写我人生诗	塞琪·科恩	2014 年 10 月
开始写吧！——影视剧本创作	雪莉·艾利斯	2012 年 7 月
青少年写作指导		
北大附中创意写作课	李韧	2020 年 1 月
北大附中说理写作课	李亦辰	2019 年 12 月
奇妙的创意写作：让你的故事和诗飞起来	卡伦·本基	2019 年 3 月
会写作的大脑 1：梵高和面包车（修订版）	邦妮·纽鲍尔	2018 年 7 月
会写作的大脑 2：怪物大碰撞（修订版）	邦妮·纽鲍尔	2018 年 7 月
会写作的大脑 3：33 个我（修订版）	邦妮·纽鲍尔	2018 年 7 月
会写作的大脑 4：亲爱的日记（修订版）	邦妮·纽鲍尔	2018 年 7 月

创意写作书系·青少年系列

《会写作的大脑》（套装四册）

作者：【美】邦妮·纽鲍尔 出版时间：2018年6月

《会写作的大脑1·梵高和面包车（修订版）》

这是一本给青少年的创意写作练习册，包括100个趣味写作练习，它将帮助你尽快进入写作，并养成写作习惯。你只需要一支笔和每天十分钟，就可以加入这个写作训练营了。

《会写作的大脑2·怪物大碰撞（修订版）》

本书包含了100个充满创意、异想天开的写作练习，帮助你迅速进入状态，并且坚持写作。你在开始写作时遇到过困难吗？以后不会了！拿起这本书，释放你内心的作家自我吧！

《会写作的大脑3·33个我（修订版）》

在这本书中，你会用各种各样的工具、用各种各样的姿势、在各种各样的地方写作。它将帮助你向内探索，把自己的生活写成故事。

《会写作的大脑4·亲爱的日记（修订版）》

本书是那些需要点燃或者重启写作灵感的人的完美选择。无论何时、何地，只要你翻开这本书，开始动笔跟着练习去写，它都能激发你的创造力，给你的写作过程增加乐趣，并帮助你深入生活、形成自己的创作观。

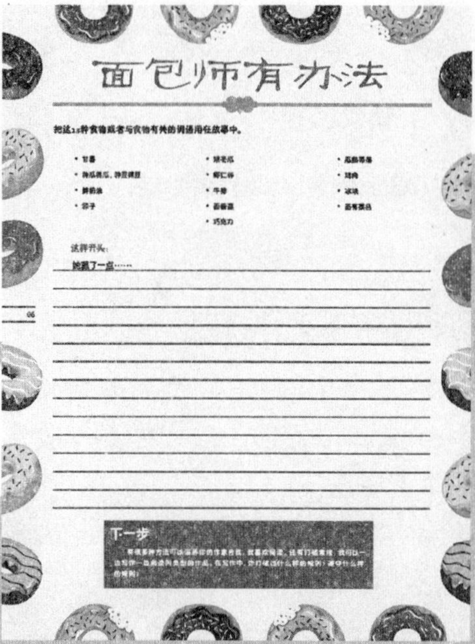
面包师有办法
把这15种食物或者与食物有关的词语用在故事中。
这样开头：
下一步

门镜
写一个故事，这样开头：
下一步

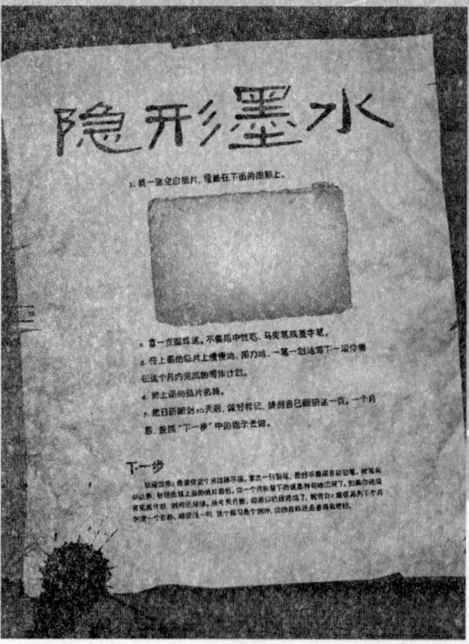
隐形墨水
1. 找一张空白纸片，覆盖在下面的图形上。
下一步

闹鬼的城堡
下一步

Now Write! —Fiction Writing Exercises from Today's Best Writers and Teachers
by Sherry Ellis

This edition published by arrangement with **Jeremy P. Tarcher**, a member of Penguin Group (USA) Inc.

图书在版编目（CIP）数据

开始写吧！——虚构文学创作/艾利斯编；刁克利译校．—北京：中国人民大学出版社，2011

（创意写作书系）

ISBN 978-7-300-13232-7

Ⅰ．开…　Ⅱ．①艾…　②刁…　Ⅲ．文学创作-研究　Ⅳ．I04

中国版本图书馆 CIP 数据核字（2010）第 255121 号

创意写作书系

开始写吧！——虚构文学创作

雪莉·艾利斯　编

刁克利　译校

Kaishi Xieba!

出版发行	中国人民大学出版社		
社　　址	北京中关村大街 31 号	**邮政编码**	100080
电　　话	010－62511242（总编室）		010－62511770（质管部）
	010－82501766（邮购部）		010－62514148（门市部）
	010－62515195（发行公司）		010－62515275（盗版举报）
网　　址	http://www.crup.com.cn		
经　　销	新华书店		
印　　刷	天津中印联印务有限公司		
规　　格	160 mm×235 mm　16 开本	**版　　次**	2011 年 1 月第 1 版
印　　张	17.5 插页 1	**印　　次**	2020 年 12 月第 13 次印刷
字　　数	189 000	**定　　价**	48.00 元
